# 這個勇者明明超強TUEEE卻過度謹慎

作者 土日月
插畫 とよた瑣織

7

Kadokawa Fantastic Novels

彩頁、內文插畫／とよた瑣織

納特斯斯
冥界的無限迴廊的守衛。
傳授聖哉「闇之力」。
斯拉烏利
住在冥界的泉水旁，是「透明化」的高手。
傳授聖哉一行人「透明化」。
他們能成功取得「透明化」和「闇之力」
以對抗神龍王馬修・德拉哥奈特嗎！
羅札利・
羅茲加爾多
前羅茲加爾多帝國的公主。
為了打倒神龍王，
曾和凱歐絲・馬其納聯手。
莉絲妲黛
治癒的女神。召喚了聖哉，
目標是拯救扭曲蓋亞布蘭德。
龍宮院聖哉
謹慎到無法想像的勇者。
受到莉絲妲召喚。
這個勇者明明超TUEEE強卻過度謹慎 7

『殺啊，馬修……！
把人、神……以及勇者統統殺了……！』
艾魯魯
為了成為聖劍伊古札席翁而死去。
死後變成亡靈，附在馬修身上。
『啊，我知道。』
馬修·
德拉哥奈特
當上神龍王，立於龍族的頂點。
得到聖劍伊古札席翁後，個性變得凶惡。
戰即將展開……！

『一切準備就緒。』
Ready perfectly
聖哉VS馬修的激

——如果……如果我真的有女神之力……！
請現在就顯現出來吧……！
「屬性轉換（Conversion）！」

第二十一章 羅札利的決心 009
第二十二章 魔鬼勇者 022
第二十三章 乳房的數量 035
第二十四章 無限接近透明的女神 050
第二十五章 前往納加西村遺跡 065
第二十六章 失控 079
第二十七章 聖劍之力 092
第二十八章 幽魂 106
第二十九章 馬修的弱點 120
第三十章 女神的品格 134

# This Hero is Invincible but "Too Cautious" 7

第三十一章 進入黑暗 149
第三十二章 極龍化 165
第三十三章 絕望的愛 180
第三十四章 情報戰 195
第三十五章 神性 209
第三十六章 靈魂的記憶 223
第三十七章 師徒 239
第三十八章 適任者 253
後記 272

# 第二十一章　羅札利的決心

暴虐的邪神梅爾賽斯讓神界崩壞，所有世界跟著扭曲。根據冥王哈提艾斯的說法，要讓扭曲的世界復原，必須拯救三個救世難度極高的世界。我、聖哉和賽爾瑟烏斯為了讓世界復原，便前去拯救扭曲蓋亞布蘭德。

以前我和聖哉救過的蓋亞布蘭德，如今成了龍人掌控的世界，而且統治者竟然是我們以前的夥伴馬修。戰帝的女兒羅札利和惡魔聯手，試圖讓傳說的惡魔路西法・克羅復活，以藉此對抗馬修，結果卻遭到惡魔背叛，導致同盟決裂。後來，復活的路西法・克羅敗給聖哉，號稱人魔共存的伊古爾鎮也跟著瓦解。

用地獄業火（Hell Fire）燒光路西法的遺體後，聖哉仍以烈焰包覆手臂，並緊盯惡魔們看。在他的魄力和氣勢下，連凱歐絲・馬其納和伊雷札也戰意全失。我於是趁勝追擊，朝他們大喊：

「你們聽好了！如果敢再危害鎮上的人類，那一大群火鳥可不會放過你們喔！」

我接著指向聖哉放出的鳳凰自動追擊（Automatic Phoenix）飛舞的天空……

「呃！咦！」

沒想到上面空空如也，放眼所及盡是一片蔚藍。

咦咦咦咦咦！那一大群火鳥都到哪去了！

現在只有幾隻還在聖哉頭上盤旋。

「我、我說聖哉，那些鳳凰自動追擊呢！」

「我只保留自衛用的份，其他都收起來了。」

「無關緊要的時候叫出那麼多，到了緊要關頭卻收起來？就算你沒事，惡魔也還在這鎮上！怎麼可以不顧妮娜和羅札利的安全呢！」

我身旁的妮娜一臉擔憂，羅札利則佇立在一旁保護她。聖哉瞄了她們一眼，嘆了口氣。

「……真麻煩。」

「聖哉！」

聖哉又嘆了口氣，緩緩地用劍指向惡魔。

「你們快滾出這個鎮，一個也不准留。」

惡魔們一陣譁然。有個血氣方剛的牛頭惡魔衝到聖哉面前。

「別開玩笑了！這個鎮是我們的——」

但這句話戛然結束，像牛的頭在空中飛舞。賽爾瑟烏斯全身用力一抖。聖哉毫不猶豫地用劍砍掉了惡魔的頭！

「我有說過，不退就砍。」

聖哉斬殺惡魔就像切菜，完全面不改色。凱歐絲・馬其納舉起雙手表示投降。

「我們走吧～伊雷札～不然腦袋就要飛了～」

「唔……！」

伊雷札瞪了聖哉一會兒後，也跟凱歐絲．馬其納一樣轉身離去。惡魔們看到前四天王走人，也紛紛追在他們身後離去。這時凱歐絲．馬其納像是突然回神，轉頭向羅札利笑咪咪地揮手。

「那就改天見嘍～公主！要保重喔～！」

羅札利用充滿憎惡的眼神目送凱歐絲．馬其納和那群惡魔，直到他們從視野中消失。

過了一會兒後，我問羅札利：

「現在算是把惡魔趕出去了……不過這樣真的沒問題嗎？」

「一旦走出鎮的邊界，就只能用移動魔法陣才能進入。而且，除非有住在伊古爾的人類許可，否則魔法陣也無法通到這裡。」

「這樣啊，那我就放心了。」

「嗯，伊古爾鎮的結界非常強大又滴水不漏，畢竟這是以前弗拉希卡和我的忠臣們殫精竭慮打造出來的……」

羅札利用落寞的語氣喃喃低語。原本在遠方圍觀的鎮民都來到羅札利身旁。羅札利突然向這些民眾深深一鞠躬。

「我太沒用了，居然被惡魔利用。你們可以審判我，要殺要剮都隨便你們。就算要處死我，我也心甘情願。」

鎮民們面面相覷，顯得不知所措。正當眾人迷惘之際，妮娜張開雙手，像要袒護羅札利般擋在前方。

「如果……如果不是羅札利大人叫我們來這個鎮，我們早就被龍人殺了！」

在一陣沉默後……

「沒錯……妳說得對。」

「如果沒有羅札利大人，我家的孩子就無法出生了……」

眾人紛紛幫羅札利說話，但羅札利本人卻搖搖頭。

「不行。這十年毫無意義，甚至有人成了活祭品犧牲——我必須負起責任才行。」

「羅札利大人，這十年並非毫無意義。」

「我做的那些事根本沒有意義。人魔協定遭到毀棄……復活的路西法・克羅還成了人類之敵。」

「不，是羅札利大人想拯救人類的心願喚來了奇蹟。沒錯，真正的救世主終於降臨在這個世界……」

妮娜用熱切的眼神，望著把沾血的舊劍換成新劍的聖哉。民眾也看向聖哉，笑著點頭。

看到這幅景象，我在賽爾瑟烏斯身旁鬆了一口氣。

「看來是圓滿落幕了。我還擔心如果引起暴動該怎麼辦呢。」

「是啊，大家都很有人情味呢，換作是我就饒不了她。」

「……你明明是神，心胸卻很狹窄呢。」

我傻眼地對賽爾瑟烏斯吐槽後，拍了拍聖哉的肩。

「萬一鎮上還有惡魔留下就糟了，你快放鳳凰自動追擊巡視一下，這樣比較安全。」

「……莉絲妲。」

聖哉突然用銳利的眼神注視我，我不禁心慌。

「咦？怎、怎麼了？」

「為什麼妳這麼在乎扭曲世界的人？我再提醒妳一次，扭曲世界只是梅爾賽斯製造出的虛幻世界罷了。」

「我、我當然知道！」

沒錯，這裡並非真正的蓋亞布蘭德，而是扭曲的世界。雖然聖哉疑心病重，沒有對冥王的話照單全收，不過在拯救伊克斯佛利亞時，我們自己就體驗過扭曲世界。只要除去扭曲的原因，蓋亞布蘭德就能復原，這一點的確無庸置疑，我在理智上也充分地理解了。

「既然妳知道，又為什麼這麼做？如果是一般的情況，我也多少會擔心鎮民，也會當場把惡魔全滅掉，不讓他們逃走。不過這裡畢竟是扭曲世界，要是為了救幻影而疏於防備，結果被幹掉的話，那不就比鬧劇更可笑嗎？」

「呃，可是……看到活生生的人在眼前受苦，我沒辦法這麼輕易就切割……」

看到聖哉露出不解的表情，我雙手合十向他哀求。

「好啦，聖哉，拜託你放鳳凰自動追擊出來嘛！」

「真搞不懂有什麼意義。」

「搞不懂也沒關係啦！」

聖哉勉為其難地放出鳳凰自動追擊。數十隻火鳥振翅飛上天空，分散到鎮上的各個角落。羅札利看到這個景象，便走近我們，低頭行禮。

「感謝各位為本鎮如此設想……對了，不知道你們接下來有什麼打算？」

「當然是去打倒神龍王了！放心吧，你們只要在這裡靜候佳音就好！」

我拍了下胸脯。包括羅札利在內的所有鎮民一聽，情緒就立刻沸騰起來。羅札利臉頰緋紅地大喊：

「這樣啊！如果不嫌棄的話，請讓我用移動魔法陣帶各位去神龍王的根據地——巴哈姆特羅司吧！」

羅札利從貌似幹部的鎮民手中接過手杖，意氣風發地在地上畫起魔法陣。聖哉見狀，沒好氣地說：

「喂，我才剛打完路西法，消耗了不少魔力耶。」

「真、真是抱歉！都忘了您才剛打完，必須充分休息才行！」

「休不休息是其次，有哪個笨蛋會劈頭就闖進敵人的地盤？基本上應該先收集情報才對吧。妳就是想得太簡單，才會被惡魔騙。」

「嗚嗚！您說得對！我無法反駁！」

「等、等一下，聖哉！」

聖哉的話說得實在太重，但羅札利只是一臉歉疚地垂下頭。

「不、不然這樣好了，請讓我提供住宿的地方給勇者大人吧。您可以在那裡稍事休息後再收集情報——」

「不用，有個世界比扭曲世界像樣一點，我們接下來要回那裡……莉絲妲，打開通往冥界的門。」

「啥！等、等一下！不是要收集情報嗎！」

「不行，我得先去做『收集情報的修練』。」

「唔！收集情報也需要修練嗎！」

羅札利聽了目瞪口呆，說不出話來……這、這也難怪，畢竟聖哉的謹慎程度不是一般人能理解的。

不知不覺間，我們被包括羅札利在內的人群包圍。鎮民們似乎覺得聖哉話有蹊蹺，開始議論紛紛。聖哉戳我的肩膀。

「每次都這樣真麻煩。妳來說明吧。」

「好、好吧！呃，羅札利，我們接下來要去一個叫冥界的地方修練！不過妳放心！兩地時間流動的速度不同，所以我們最慢也只要兩小時就會回來了！」

「冥界……？時間的流動？」

「……公主，抱歉，請您過來一下。」

幹部們從遠處招手。羅札利過去後，一群人竊竊私語，不過我的聽覺比人類靈敏，照樣聽得到內容。

「他們說的冥界真的存在嗎？」

「勇者大人該不會要捨棄我們吧……！」

討論完後，羅札利他們笑咪咪地靠近我。

「我們可以一起去那個叫冥界的地方嗎？」

——不，他們對我們充滿懷疑啊！

「怎、怎麼辦，聖哉！」

「我還以為由妳這個女神出面會更容易搞定，看來並非如此。」

「而且是莉絲妲說明後，他們才開始胡思亂想的……」

「你、你是什麼意思，賽爾瑟烏斯！你是說都是我害的嗎！」

不管怎樣，聖哉都不可能讓他們同行的。當我以為又要像以前那樣逃回去時……

「好啊，不過我只帶羅札利去。」

「咦咦！可以嗎，聖哉！」

「這個老羅札利好歹跟龍人纏鬥了十年，我要好好向她打聽敵人的情報，這也是收集情報的一環。」

「……真、真的只是因為這樣嗎？」

我一問，聖哉就小聲地說：

「神域的勇者也是梅爾賽斯從扭曲世界帶來的。我想趁這機會仔細調查一下，看看來自扭曲世界的人類有沒有什麼共通點或特徵。」

原來如此，聖哉果然有自己的考量。這樣的話，我也不好反對……

「公主殿下，您要保重啊。」

「好，我很快就會回來了。」

羅札利對民眾點點頭，我則打開通往冥界的門。之後我、賽爾瑟烏斯及扭曲世界的羅札利就隨著聖哉穿過了門。

冥界常見的濃霧沒有出現，但羅札利抬頭看到紅色天空時仍驚嘆不已，獨眼張得大大的。我把門開在烏諾家附近，這一帶是廣闊的草原，平時明明安靜無人，今天卻偏偏有個像巨大蛞蝓的冥界居民在鄉間小路上爬行。

「怎樣，羅札利？這裡就是冥界，妳相信了嗎？」

羅札利愣了半晌後，對我露出微笑。

「先不論其他人是怎麼想的，我打從一開始就沒懷疑過你們。」

「那妳為什麼要跟來？」

「我想知道勇者大人強悍的祕密。」

這時，聖哉插入我倆之間。他盯著羅札利的臉看，又把手貼在她的額頭上。

「看來沒有發燒。把舌頭伸出來。」

「咦……這、這樣嗎？」

聖哉開始像醫生一樣診察羅札利。他讓羅札利站著，對羅札利的手腳觸診，又要她將手腳一下彎曲一下伸直。當聖哉肆無忌憚地摸來摸來時，羅札利的臉染成一片通紅。

「身體有沒有變化？」

「沒有……不對……身體好像越來越熱了……」

「哦，可能是扭曲世界的影響顯現出來了。我得更仔細調查。」

「還有下半身也有點刺刺癢癢的……」

「下半身的哪裡？」

「是下腹……的更下面……胯下的位置……」

「哦，我可以摸嗎？」

「唔！不，當然不能摸啊！你們剛才都在做些什麼啊！」

我看不下去，大叫起來。聖哉露出傻眼的表情。

「我有說過吧，我是在調查扭曲世界的人的身體。這是為了打倒神域的勇者所做的研究。」

「那也許很重要沒錯，但人家可是女孩子，肢體接觸太多不好吧！」

聖哉用鼻子哼了一聲，掉頭離去。賽爾瑟烏斯伸了個懶腰，看起來很開心。

「太好了，終於能休息了！我要在烏諾家做蛋糕！」

「唉，真羨慕你能這麼悠哉……」

賽爾瑟烏斯追過聖哉，一馬當先衝向烏諾家。呃，那傢伙到底有多想做蛋糕啊！當自己是女孩子嗎！

另一方面，羅札利依然面紅耳赤，向聖哉提出請求。

「勇、勇者大人！我也想一起修練，可以嗎！」

「為什麼？」

「雖然鎮上的人都不忍苛責我……但我還是無法原諒自己！為了向大家賠罪，至少得讓自己變強，好在拯救世界時派上用場！如果不這麼做，我沒臉回去見他們！」

聖哉一聽，雙眼發亮。

「妳也要跟神龍王戰鬥嗎？」

「反正這條命是撿回來的！只要勇者大人不嫌棄，我願意聽您差遣，為您戰鬥！」

「嗯。」

聽到羅札利這麼說，聖哉點點頭，露出還算滿意的表情。

「咦咦！平常講到夥伴時，你不是都說『不需要』嗎！」

「如果是扭曲世界的羅札利，就算死了我也不在意。而且對敵人來說，不惜玉石俱焚的特攻也是不小的威脅，到時或許能拿來當棄子用。」

「聖、聖哉！你這麼說也未免太——」

「謝謝您！能當棄子我就很滿足了！」

「唔！這值得感謝嗎！應該生氣才對吧！」

不過羅札利似乎沒把我的話聽進去，還喜孜孜地問聖哉：

「那您現在要進行什麼修練？」

「我有說過要先恢復魔力吧，今天我要睡覺。」

聖哉邊走邊打了個大大的呵欠。羅札利雙手握拳，顯得很亢奮。

「要睡覺嗎！真厲害！不愧是勇者大人！」

「到、到底是哪裡厲害啊？每個人累了都會睡覺吧……我說羅札利，妳要小心別被聖哉利用了，畢竟妳有點容易受騙呢。」

但羅札利仍一臉陶醉地喃喃自語：

「不但有壓倒性的實力，還深謀遠慮！勇者大人擁有一切我沒有的優點啊！」

唔……看來她完全迷上聖哉了。說到原本世界的羅札利，對聖哉的感覺其實偏討厭。不過這也難怪，畢竟聖哉當著她的面，帥氣地打倒了路西法．克羅。看到期盼已久的救世主降臨……要她不狂熱都難吧。

可是，當羅札利望著聖哉走向烏諾家的寬闊背影時，我感覺那隻獨眼閃著溼潤的光澤。

「啊啊……！勇者大人……！」

咦咦？她應該只是尊敬聖哉——沒錯吧！

# 第二十二章　魔鬼勇者

到了烏諾家後，聖哉為了恢復魔力，馬上回到分配給他的房間。我叫羅札利在寬廣的玄關稍等，然後去找烏諾和杜艾商量。

「呃，我從扭曲世界帶了一個女孩來，這樣有沒有問題？」

我把羅札利的事情告訴他們後，烏諾看向杜艾，似乎難以回答。她的哥哥回以溫柔的微笑。

「既然是聖哉先生的夥伴，那就沒問題。」

「這樣啊！太好了！」

「我們也借個房間給她好了。為了拯救扭曲世界，我們也想盡可能地幫忙各位……」

向這對兄妹道謝後，我帶羅札利到二樓的房間，要她在明天前好好休息。羅札利謙恭地向我低頭致謝。

既然聖哉已經回房，我也打算回自己的房間休息。當我橫越客廳時，烏諾和杜艾把我叫住。和他們邊喝紅茶邊聊了一會兒後，烏諾問我：

「那位叫羅札利的小姐——既然是聖哉大人帶來冥界的人類，想必應該相當優秀吧？」

「唔……她的確比一般人類要強很多……不過聖哉帶她回來並非為了這個理由。」

我忍不住說出之前發生的事，並坦白自己的煩惱。

「……總之，聖哉對扭曲世界的人都很隨便，還不客氣地說羅札利是棄子。我很懷疑一個勇者這麼做真的好嗎……」

烏諾把裝有紅茶的茶杯放在桌上，用跟她哥哥同樣溫柔的眼神看我。

「冥王陛下曾說過，只要去除扭曲的原因，扭曲蓋亞布蘭德的所有生者就能恢復原狀。既然一切都會歸零，還是別對那裡的居民放太多感情比較好吧？」

「說、說得也是。不，實際上的確是這樣沒錯……」

聽烏諾這麼分析後，我也靜下來心來思考。聖哉確實完全沒錯，但即使如此，當我身在那個世界時，只要看到有人受傷或死亡，心情仍難免會受影響。

杜艾看著我的臉，頻頻點頭。

「就算是扭曲世界的人，妳也無法棄之不顧，這一定是因為妳心中充滿慈愛吧。」

「是啊，連對幻影也能放入感情——是一件很棒的事。這就是莉絲妲黛大人之所以是女神的證明吧。」

「沒、沒那麼誇張啦！討厭啦，好害羞喔！」

我感覺被稱讚了，不免有些難為情，但沒過多久，笑容可掬的兄妹板起臉來。

「不過，聖哉先生做的事是對的。雖然在旁人眼中看似殘酷，但這樣他才能集中所有心力討伐神龍王，畢竟那個人正是蓋亞布蘭德扭曲的主因。他會避免自己戰鬥，對虛幻的人民見死不救，說到底也是為了讓扭曲世界復原，好拯救原本的蓋亞布蘭德居民吧。」

「啊嗚……」

我無言以對。聽了杜艾的話後，我覺得自己的想法很狹隘，只是獨善其身，而聖哉的行動都是為大局著想。雖然那對兄妹沒有明講，但事實就是如此。不管由誰來看，聖哉都是正確的。我不自覺地嘆了口氣。

——唉……這樣不行。明明聖哉是人，我是神，怎麼立場好像互換了？

正當氣氛有點凝重時，賽爾瑟烏斯的出現意外帶來了改變。他端著放了奶油蛋糕的托盤，開開心心地走了過來。

「嗨！這是讓我們寄宿的謝禮！嚐嚐看吧！」

他在桌上擺了三人份的蛋糕，連我的份也有。烏諾看到這些擺滿水果，色彩豐富的蛋糕，露出高興的表情。

「賽爾瑟烏斯大人真的很會做點心呢！」

「畢竟這是我的本業嘛！」

「不，你的本業應該是劍神吧……」

「小地方就別計較了。莉絲妲，妳也快吃吧。」

「唔——我不用了，拿去給聖哉或羅札利吧。」

「我有拿去給他們，不過我好像吵醒了正在睡覺的聖哉先生，他不但罵我：『吵死了，我不吃。』還狂打我的頭。」

「你被打了嗎！」

「是啊！不過羅札利倒是很高興呢！」

雖然賽爾瑟烏斯臉上笑嘻嘻的，但仔細一看，他的頭上腫了好大一個包。「特地做蛋糕送去，卻被打了好幾下頭」——這明明是很糟糕的事，賽爾瑟烏斯卻毫不介意，依舊笑臉迎人，這大概是因為他平常都受到更過分的待遇吧。習慣真是可怕……

「看起來好美味喔！我要開動了！」

烏諾拿起叉子吃了一口蛋糕後，突然像平常一樣吐血。

「咳噁！真美味！」

杜艾也一邊吐血，一邊大口享用賽爾瑟烏斯的蛋糕。

「嘎咳！這個真好吃呢！嘔咳！」

賽爾瑟烏斯嚇得大喊：

「不，怎麼搞得像吃到毒蛋糕啊！這真的好吃嗎！」

「沒、沒辦法，這對兄妹把吐血當成跟打噴嚏一樣……」

話雖如此，看到他們的鮮血，讓我更沒了食慾。我從座位上起身，走回自己的房間。

第二天早上。

我還以為自己起得很早，結果到客廳一看，聖哉和羅札利已經在那裡交談了。

「神龍王以前生活的故鄉現在怎麼樣了？」

「你是指納加西村嗎？現在已經成了廢墟……」

「沒關係，我想在那裡做個嘗試。還有，其他關於神龍王及其親信的情報，我也想全部問個清楚。」

「只要在我所知的範圍內，我都會回答的。」

聖哉一臉認真地問了羅札利很多問題。我不想打擾他們，便在一旁側耳靜聽。

「……神龍王不但殺了魔王，甚至打倒了無敵的死神克羅斯德．塔納托斯，這都是靠伊古札席翁的力量。要是被那把劍砍傷，傷者完全無法靠魔力回復，也不會自然痊癒。」

「唔！咦咦咦！是無法回復的技能嗎！那我的治癒魔法不就沒用了嗎！」

我太過吃驚，不小心叫了出來。當「慘了」兩個字浮現腦海時，聖哉已經對我投來冰冷的視線。

「反正不管怎樣，妳的魔法本來就等於不存在。」

「唔！哪有啊！我的魔法一直都在啦！」

「話說回來，如果這是真的，那伊古札席翁可說是極為危險。一旦受了傷，即使最後打贏，到攻略後面的扭曲世界和打梅爾賽斯時，勝算也會大幅降低。我必須在保存實力的前提下，以確實、完美又安全的方式打倒神龍王才行。」

聖哉表情嚴肅地雙手抱胸，喃喃自語。雖然聖劍伊古札席翁有無法回復的技能，是個可怕的威脅，但看到聖哉不為所動，努力思索對付神龍王的方法的樣子，又讓人覺得很放心。

他們繼續談了近一小時後，聖哉起身俯視羅札利。

「好吧，那就先從妳的修練開始吧。」

「真、真的嗎！拜託你了！」

羅札利向聖哉鞠了個躬。不過，依聖哉的作風，他基本上都以自己的修練為優先，也就是說……

我以為他會像平常一樣，統統丟給賽爾瑟烏斯處理，沒想到……

「到院子去吧，我陪妳練劍。」

「唔！咦咦——————！」

由聖哉直接指導嗎！這、這種情形我好像從沒遇過呢！

……期待與不安在我內心交錯。聖哉和羅札利手拿木刀，在烏諾家廣闊的庭院裡對峙。

因為是練習，兩人都脫下盔甲，以輕裝上陣。

「妳先解放惡魔之力看看。」

「可、可是我對這個力量，已經……」

羅札利感到猶豫。畢竟遭伊雷札操縱，親手撕毀人魔協定一事記憶猶新，而且她自己應該也不想再依靠惡魔之力了。可是，聖哉卻說：

「那股力量是妳的長處。只要附近沒有惡魔，就不會被操縱。即使被操縱，我也會設法解決。總之妳就解放吧。」

「……我明白了。」

羅札利聽到聖哉這麼說，放心地解開封印。當羅札利的手變成紅黑色時，我靠近聖哉小聲問他：

「對了聖哉，順便問你一下，你所謂的『設法』是要怎麼做？」

「這個嘛，有很多啊，比如把手砍掉。」

「唔！太狠了吧！你是在開玩笑吧！」

但聖哉依舊維持一號表情，跟羅札利正面相對。不，好像不是玩笑！這個人好可怕！

「那就開始吧，放馬過來。」

「那我就不客氣了！」

像演武打戲般用木刀互打——是我原本想像的修練場面。但是，聖哉卻輕鬆閃過羅札利的攻擊，並朝她的肚子使出猛烈的突刺。

「嗚嘔……！」

羅札利縮起身子，吐出胃液。聖哉卻對這樣的羅札利落井下石，用木刀敲她的頭。我忍

無可忍，跑到羅札利前面張開雙手。

「等一下、等一下、給我等一下！對方是女孩子耶！不能手下留情一點嗎！」

「在我打到神龍王前，羅札利都要當我的盾。她得犧牲自己，儘量削弱神龍王和他部下的體力，所以要是不增強到一定程度，我會很傷腦筋的。」

「什麼『盾』啊！太過分了吧！」

「我、我不要緊的……」

羅札利拄著木刀起身。

「這是我自願的……！請繼續吧！」

……她的手腳被木刀打到紅腫，頭部又挨了無情的一擊，鮮血從白髮中流出。聖哉曾在修練時痛打賽爾瑟烏斯，賽爾瑟烏斯也對聖哉狠狠報過一箭之仇，但聖哉和羅札利的修練卻比之前更慘烈。

我無法直視那兩人的修練。這時，身旁傳來充滿恐懼的低語。

「嗚哇，這是在幹嘛……！是虐待嗎……？」

賽爾瑟烏斯不知何時來到我身旁，臉色還很蒼白。

「你果然也這麼覺得吧……！」

「我覺得他對羅札利好像比對我還殘忍。他大概是把羅札利當成幻影，做出切割，所以才忍心對一個女人這麼壞吧。那個人根本是魔鬼啊。」

「沒、沒錯，他真的很像魔鬼或魔王……對了，賽爾瑟烏斯，你手上拿的是什麼？」

賽爾瑟烏斯抱著很大的桶子，桶內的水面生出陣陣漣漪。

「剛才聖哉先生叫我準備的，大概是口渴時拿來喝吧。」

「又不是馬，哪喝得了那麼多水？」

聖哉俯視倒在地上痛苦呻吟的羅札利。羅札利似乎傷得太重，遲遲無法起身。聖哉接著走向賽爾瑟烏斯，將桶子一把搶去，把整桶水倒在羅札利身上。

「快起來，沒時間讓妳昏過去。」

——噫！原來水是這麼用的！真是終極的斯巴達！

我跑到羅札利身旁，想阻止聖哉繼續虐待她。羅札利雖然被水淋溼，表情卻充滿幹勁。

「謝謝！這樣我的意識就清醒了！五臟六腑都被水浸透了！」

「竟然還感謝他！再說妳又沒把水喝進去，對五臟六腑應該沒影響吧！」

「再來……請繼續吧！」

可是，第三次倒下後，羅札利完全失去意識，就算潑水也毫無動靜。

「聖哉！你做得太過分了！」

「我說過很多次了，這個羅札利是幻影，妳不用管她。」

「可是她都昏過去了！已經沒辦法再練了啊！」

「哼，那就用妳的治癒治好她，等她意識恢復後再繼續。」

聖哉說完就大步離開，不知道跑到哪裡去了。

我讓羅札利的頭枕在我的大腿上，發動治癒魔法。聖哉的攻擊毫不留情，在她臉上和身上造成了許多傷痕。

「幹嘛打成這樣啊……」

「不過這也不無道理。聖哉先生打算把羅札利拿來當盾，所以才要她脫掉盔甲，直接打她的身體，好提升她的防禦力吧。」

「就算是這樣，也做得太過分了。」

我一邊治療，一邊跟賽爾瑟烏斯交談。後來羅札利不知不覺間恢復了意識，睜開獨眼。

「你們不用擔心。為了達成討伐神龍王的宿願，只要能幫得上忙，無論是以何種形式，都是我無上的喜悅。而且修練帶來的疼痛也把我從精神上的痛苦中拯救出來了。唯獨在這個時候，我才能暫時忘掉自己過去的愚昧。」

在這十年間，羅札利把鎮民當活祭品獻祭。她把這段過往視為無法饒恕的大罪。

「勇者大人深思熟慮。他應該是看穿了我的心情，才會這麼做吧。」

「這、這就難說了。」

我覺得聖哉只是不把扭曲世界的羅札利當人看而已，但羅札利依然以正面的態度看待聖哉的修練。

這時我發現羅札利的眼罩歪了，露出底下一字型的舊傷。大概是被劍砍的吧。

「吶，羅札利，我從之前就很在意了。妳的眼睛說不定能用我的治癒治好喔。」

「我很感謝妳的心意，不過這是治不好的，不管是多上級的治癒者都無能為力。」

「咦……那、那妳的眼睛不就是……」

「沒錯，就是神龍王弄瞎的。」

羅札利一邊調整眼罩，一邊用銳利的獨眼望向天際。

「神龍王會用殘虐的方式殺人。他先用聖劍伊古札席翁奪走我的眼睛，再把我身旁的父親，也就是戰帝亂刀砍死，而且全程帶著笑容。」

「馬、馬修竟然會這麼做……！」

我一時無法言語。羅札利用嚴肅的語氣說：

「你們自稱來自於跟這裡不同的世界，這一點我現在也稍微能理解了。不過我還是得聲明，神龍王馬修·德拉哥奈特是殘忍的怪物，妳最好把他跟妳認識的馬修當成兩個完全不同的人。」

羅札利邊說邊抬起上半身，勉強站了起來。

「為了跟那種怪物對抗，我必須撐過勇者的修練，成為稱職的盾……！」

「羅札利，妳的傷還沒完全治好啊！最好再休息一下——」

「不，不用了。比起休息，我更想快點繼續修練。」

「咦咦！妳還想繼續做那種修練嗎！」

「不管勇者大人怎麼訓練我都無所謂，只要有他在身旁，我的心就會得到滿足。沒錯……我一定是——」

羅札利話說到一半時，聖哉剛好回來了。

「意識恢復了嗎？那就繼續練吧。」

「是！」

斯巴達訓練又開始了。雖然場面慘烈無比，羅札利卻似乎樂在其中。每次被木刀打到或戳中時，她都會臉頰泛紅。

「再來！再多戳幾下！再深一點，再用力一點！啊啊啊啊！」

「唔！呃，怎麼感覺變得怪怪的！」

反覆進行斯巴達訓練的勇者以及不斷挨打卻神情陶醉的羅札利……這兩人就各種層面來說，都不免讓我擔心起來。

# 第二十三章　乳房的數量

這場形同虐待羅札利的修練持續了好幾個小時。在聖哉毫不留情的攻擊之下，羅札利的衣服變得破破爛爛。不管被打飛幾次、倒地多少次，羅札利仍然勉強起身，繼續修練。

「這、這到底要搞到什麼時候？」

但羅札利始終帶著撩人的表情發出嬌喘。我感覺不太對勁，一直坐立難安。就在這時，賽爾瑟烏斯喃喃開口：

「話說回來，羅札利都不會昏倒了。」

「咦……」

經他這麼一說，我才察覺到，之前羅札利每次受到攻擊而痛昏時，聖哉都會潑水強迫她起來。但不知從何時開始，那幅景象就不再出現了。

「難道！」

我對羅札利發動能力透視。

**羅札利·羅茲加爾多**

Lv：70
HP：141493　MP：9900
攻擊力：179144　防禦力：186574　速度：168169　魔力：860
成長度：78
耐受性：火、水、冰、闇、毒、麻痺
特殊技能：闇之加護（Lv：9）
特技：暗黑突刺（Darker Thrust）
性格：直率

我記得之前看到的等級還不到七十，而且尤其體力和防禦力都明顯增強了。

——竟然在這麼短的時間內辦到！雖然看起來像虐待，效率倒不錯呢！

羅札利應該也感受到自己的耐力變強了。她一邊承受聖哉的攻擊，一邊喃喃自語：

「勇者大人的修練好厲害！我能感覺到能力明顯提升了！」

之後她帶著充血的雙眼，一下央求說：「啊啊，再來再來！」一下像狗一樣「哈啊哈啊哈啊」地喘著大氣……等一下，所以說這到底是怎麼回事！感覺很不正常耶！

不過聖哉的態度跟亢奮的羅札利完全相反。他用冷漠的表情將手上的木刀扔給賽爾瑟烏斯。

「今天的修練到此為止。」

「我、我還撐得下去！再更用力……更用力地打我吧！」

「唔！羅札利？」

「我不能一直顧著妳，我也得進行自己的修練。」

「這、這樣啊……」

羅札利頓時回神，整個人像洩了氣的皮球。看來修行終於告一段落了。聖哉從懷中掏出一疊紙，看了起來。

「吶，聖哉，那是什麼？」

「我選了幾個適合下次修練的冥界之人，寫在這上面。不過妳先等等，我要再斟酌。」

聖哉說完就自顧自地盯著那疊紙看。這種景象對我來說並不稀奇，但羅札利仍頻頻表示敬佩。

「真不愧是勇者大人！做什麼事都很仔細呢！」

這時我發現賽爾瑟烏斯賞了我白眼。

「……怎麼了？」

「莉絲妲，妳明明是負責的女神，卻什麼也不做，就連要跟誰修練，也都是聖哉先生自己決定的。」

「我、我也多少有研究過啊！」

「比如說？」

「聽好了，冥界裡據說有人會操縱暴風！只要學會那一招，聖哉應該就能變得更強！」

這是我在跟烏諾閒聊時得到的少數情報之一，但聖哉聽了搖搖頭。

「妳根本本末倒置。一開始要先設想好將來的敵人，再考慮『想學的技能』，之後才能開始找冥界人修練。」

「那、那麼聖哉，你想學的技能是什麼？」

「真拿妳沒辦法，就讓妳看看吧。」

聖哉用鼻子哼了一聲，從懷中掏出另一疊紙。羅札利和賽爾瑟烏斯低喃：

「每件事都比女神早了一步！這才是真正的勇者！」

「為了求勝做足所有準備，沒有任何浪費。不愧是連伊希絲妲大人和阿麗雅大人都認可的上級勇者。」

唔！完全無法反駁！聖哉果然是厲害到不行的勇者啊……！

我一邊這麼想，一邊看向聖哉給我的清單。當我看到上面寫的「想學的技能」時，不禁一陣錯愕。

「讓對方在不知不覺中生病的技能」。

「在食物裡下毒的技能」。

「趁睡覺時裝炸彈的技能」。

「偷偷下詛咒的技能」。

「能無聲無息地接近敵人背後，將咽喉割斷的技能」。

「唔！怎麼完全不像勇者啊！」

「像不像勇者有差嗎？這些都是能安全幹掉神龍王的方法。」

「是這樣沒錯啦，可是……該怎麼說呢……感覺很陰險……」

但羅札利卻非常感動地大喊。

「真是太好了！太棒了！」

「咦咦咦咦……這樣很棒嗎？唔……算了，能這樣打倒神龍王的話也好啦……」

把兩張清單交互看了一會兒後，聖哉看似做出結論，自顧自地點點頭。

「好，這次的修練還是選這裡好了。」

「看來已經決定啦。那你打算去哪裡學什麼技能？」

「如果以剛才給妳看的清單定義，符合的項目是『能無聲無息地接近敵人背後，將咽喉割斷的技能』。既然現在無法靠路西法——又要對抗能使傷口無法癒合的聖劍伊古札席翁，唯一的選項就只剩偷偷接近神龍王，趁他不注意時割斷他的咽喉了。」

「不、不至於吧，應該還有很多其他選項吧……！」

「根據我打聽到的情報，有個叫斯拉烏利的人住在冥界的泉水旁，能讓自己的身體變透明。」

「唔！你是打算變成透明人嗎！」

「沒錯。以前我在神界向拉絲緹學變化之術時，她曾說身體是不可能變透明的。可是到了冥界後，連這種事都變為可能。」

在攻略伊克斯佛利亞的葛蘭多雷翁時，聖哉學會拉絲緹大人的變化之術，把自己變成獸人。雖然他也把我變成了魚人，不過那是因為有無法變透明的限制在。

「變透明後，我要從馬修背後接近，偷偷割斷他的咽喉。」

「太、太完美了！勇者大人真棒！」

「……」

我正啞口無言時，聖哉獨自邁開步伐。走了幾步後，他回頭看我們。

「你們全部跟來。這次包括莉絲妲、賽爾瑟烏斯……如果可以的話，最好連羅札利也要學會。」

我們跟在聖哉背後……走在茂密的森林裡。這裡距離冥王的六道宮所在的中心地帶非常遙遠，四周長滿像食蟲植物的草、樹幹上有人臉的樹木，簡直陰森到極點，但聖哉依舊如往常一樣面無表情，不斷往前進。

「呼……呼……到底要走去哪裡啊？」

賽爾瑟烏斯走在隊伍的最後面，邊流汗邊小聲埋怨。他不像我和羅札利兩手空空，雙手都提著裝有藍色液體的大水桶。我靠近聖哉問他。

「吶，賽爾瑟烏斯提水桶要幹嘛？」

「雖然我沒問到多少關於斯拉烏利的情報，不過既然他的特質是透明，我猜一開始可能會看不見他。就算找到人，他也可能用『如果要我教你透明化，得先識破我的本體』為由，故意刁難我們。為了讓他現形，我準備了油漆帶去。」

很像聖哉會做的預測，而且也的確有這種可能性。我把這件事告訴賽爾瑟烏斯後，他用苦悶的表情小聲埋怨。

「真的會遇到這種事嗎？呿，好重喔，可惡。」

「賽爾瑟烏斯大人！我們要相信勇者大人啊！」

羅札利鼓勵他，還幫忙拿了一個水桶。我們就這樣走著走著，不久後，森林變得開闊，出現一座清澈的美麗泉水。

「哇，好漂亮……！」

冥界幾乎每個地方都陰森又可怕，這裡卻空氣清新，風景優美。泉水附近有棟簡陋的小木屋，那就是斯拉烏利的家嗎？

「哦，那裡有人呢。」

在聖哉的視線前方，有個老人坐在泉水邊釣魚。他長長的白髮遮住半邊臉，鬍子也很白。他身上穿著類似和服的服裝，有種仙人般的氣質，不過畢竟是冥界人，他在臀部長了條黑色的尾巴。

我戰戰兢兢地對他開口：

「不好意思，請問一下，我們在找一位名叫斯拉烏利的冥界人。」

「嘻、嘻、嘻，斯拉烏利嗎？要找斯拉烏利的話，他已經在你們附近了。」

果、果然像聖哉說的一樣，已經透明化了！

我朝背後東張西望，卻連氣息也感覺不到。過了一會兒後，老人放下釣竿。

「……老夫就是斯拉烏利。」

老人突然這麼說，賽爾瑟烏斯不禁大叫。

「唔！呃，根本就看得很清楚嘛！」

「那是當然了。要是平常就是透明的，很難生活吧。」

「聖、聖哉先生！這些油漆果然用不到啊！」

「不會用不到的。」

聖哉把沉重的水桶放在斯拉烏利面前。

「這是伴手禮。這些油漆就給你吧，你可以把那間小屋漆成藍色。」

「好、好厲害！勇者大人做的每件事都不會白費呢！」

羅札利雙眼發亮，深感佩服，但斯拉烏利一臉困惑。

「呃，老夫完全不需要油漆啊……再說這間小屋老夫住得很習慣了，有必要把它漆成藍色的嗎……？」

唔！果然還是白帶了！真是的！幹嘛這麼不服輸啊！

不過聖哉似乎把油漆和賽爾瑟烏斯的事都拋在了腦後，一直用狐疑的眼神注視斯拉烏利。

「那不重要。你真的是斯拉烏利嗎？變透明來證明一下吧。」

「疑心病還真是重呢，那就好好看清楚吧。」

斯拉烏利「呼～」地深深吸進一大口氣，將布滿皺紋的雙手緩緩合十。剎那間，斯拉烏利的身影突然從我們的視野消失。

「不、不見了！真的耶！」

「……汝等現在只聽得到老夫的聲音吧。這就是老夫的特技——透明化。」

我把視線轉向斯拉烏利出聲的方向，還是完全看不見他。我的感官比人類靈敏，卻連一絲氣息也感覺不到。要是他不說話，我連他在那裡都不知道。

「哦，這能力真方便，就跟我想的一樣。這一招我一定要學起來。」

「嘻、嘻，老夫的透明化是完美的，光憑肉眼絕對看不到。只要學會了，對冒險應該很有幫助。」

「效果我知道了，快恢復原狀吧。」

但斯拉烏利仍然保持透明，用得意的語氣繼續說：

「嘻、嘻、嘻，汝等現在應該找不到老夫在哪裡吧……咦，好燙好燙好燙好燙！」

空無一物的空間突然冒起煙來！接著斯拉烏利就現身了！他的胸口燻黑一片，衣服也著火了！

「咦咦！怎麼突然燒起來了！」

我驚訝得大叫，不過很快就知道了原因。有隻火蜥蜴從斯拉烏利的胸前跳出來，然後沿著聖哉的身體爬上他的肩膀。

「這是我用火焰魔法做出的火蜥蜴。在遇到斯拉烏利時，我事先讓這個鑽進他的胸前了。」

「為、為什麼要這麼做啊！」

「萬一他後來改變心意，用透明的樣子躲起來，那就麻煩了。」

「汝、汝還真是亂來啊……！雖然冥王陛下也吩咐過，要老夫別拒絕你們的請求……不過……嗚嗚，好燙啊……」

雖然他在森林過著隱居的生活，不過還是有聽說我們的事。斯拉烏利把胸前的灰燼拍掉，睜開被白髮遮住的眼睛，目光炯炯地看著我們。

「那就來進行交易吧！」

「哼，我知道冥界人想要什麼。是神的羞恥心——也就是HP（羞恥點數）吧？」

「嘻嘻嘻，很上道嘛。但要是HP太少，老夫也不會答應這筆交易的。」

聖哉聽了走過來，用嚴肅的表情面對我。

「莉絲妲，我要妳幫我。」

「幫、幫你？」

「我要儘快把妳的HP給斯拉烏利。」

聖哉的雙手搭住我的肩膀，把我轉了一圈。等我背對斯拉烏利和賽爾瑟烏斯後，聖哉突然蹲下來，抓住我的裙襬！

——噫！難、難道他想讓我內褲走光嗎！

不出我所料，他果然把裙襬拉上去了！

「討厭啦！」

我試著像以前為了了解日本而看的戀愛喜劇漫畫那樣，發出可愛的叫聲，但到了下一秒……

……（滑下）。

有種奇怪的觸感襲來，而且我的下半身不知為何涼颼颼的。

「咦？」

我往下一看，沒想到……聖哉不但把裙子掀起來，還把內褲往下拉到腳踝！

「唔！不，這已經超過『討厭啦』的程度了啊啊啊啊啊！你這傢伙到底究竟想幹嘛啊啊啊啊啊啊啊啊啊啊啊啊啊啊啊啊！」

我一邊拉起內褲一邊尖叫。賽爾瑟烏斯吹口哨。

「居然冷不防就拉下女神的內褲……聖哉先生好猛喔！」

「是啊，一點猶豫也沒有！真是不得了的勇者！」

「拉下內褲算什麼『勇者』啊！只是『不得了的罪犯』吧啊啊啊啊啊啊！」

斯拉烏利也一臉呆愣，喃喃開口：

「這、這的確超乎老夫的想像。本來以為只會是胸部或內褲走光，沒想到劈頭就出現了『裸臀』……」

真、真、真不敢相信！連斯拉烏利和賽爾瑟烏斯都看到我的屁股了！

「道歉！給我道歉，聖哉——————！」

我用媲美火山爆發的氣勢逼近聖哉，他卻若無其事地忽視我，直接對斯拉烏利說：

「怎樣？這樣HP夠嗎？」

「嗯——HP的確如滔滔江水湧進體內。不過對一介老人來說，這稍嫌刺激了點。再說這HP也不符合老夫的喜好。」

啥！都讓他看了女神的裸臀，結果一點意義也沒有嗎！不、不可原諒！不管就哪個層面來說，我都無法原諒！

「真麻煩。那你想要什麼樣的ＨＰ？」

「這個嘛，要更若隱若現，含羞帶怯的——」

「說得具體一點。」

斯拉烏利露出色咪咪的猥褻笑容。

「嘻嘻！比如衣服被水打溼，隱隱透出乳房的感覺就不錯！想到女孩子為此害羞的模樣，老夫就會興奮起來！這才是走光主義啊！」

「唔！什、什麼走光主義啊！你這個重口味的色老頭！」

我聽了火冒三丈，賽爾瑟烏斯卻頻頻點頭。

「我懂這種感覺！與其直接看光光，還是若隱若現比較讓人興奮！」

「唔！為什麼你還贊同啊！」

我怒不可抑，一把揪住賽爾瑟烏斯的胸口，對他發火。這時附近突然傳來「噗通」的聲音。

「……啥？」

我看見羅札利全身溼透，從泉水裡走了出來。她的衣服很薄，沾溼後超透明！形狀優美的乳房看得一清二楚！

「羅札利！妳的胸部被看光了！」

「只要能拯救蓋亞布蘭德，就算三四個奶被看又怎樣！」

「唔！人類哪有四個奶啊！又不是牛！」

但斯拉烏利卻一臉惋惜地搖搖頭。

「如果不覺得害羞，ＨＰ就會很少，更何況汝是人類，產生的ＨＰ量跟神相比根本微不足道。」

「嗚！我幫不了勇者大人的忙嗎！」

羅札利不顧自己胸部大走光，懊惱地咬牙切齒，用猙獰的表情朝我衝過來。

「女神大人！果然還是非妳不可！快點變透明吧！」

「咦咦咦咦！我、我才不要呢……！」

「快點！不過是五六個奶，有什麼好猶豫的！」

「唔！為什麼奶一直增加啊！聖、聖哉，你也說句話啊！」

聖哉「呼～」地嘆了一口氣。

「雖然這麼做蠢到極點……不過透明化對日後攻略扭曲世界很重要，必須學會才行。」

「怎、怎麼這樣！」

「……羅札利，ＧＯ。」

「遵命，勇者大人！」

「給、給我等一下啊啊啊啊啊啊啊啊啊……咕嚕！」

羅札利依聖哉的指示衝撞我，讓我掉進泉水裡。

# 第二十四章　無限接近透明的女神

「噗哇！噗！」

被羅札利撞進泉水的我，從水邊爬了上來。衣服整個溼透，而且不出所料透出膚色。幸好我跟羅札利不同，底下有穿內衣。可是我才放心沒多久，羅札利又從背後逼近。

「女神大人！為了拯救世界，請妳脫掉內衣吧！」

「幹、幹嘛這樣啊！已經夠透明了吧！」

「不，不行！這樣完全不算透明是也！」

羅札利說出奇怪的語尾，還來勢洶洶地想扒下我的內衣，因此，我的胸部自然也被她抓住。

「住、住手啊，羅札利！」

「來吧，快露出被水打溼的乳房吧！」

「不要啊……！」

我淚眼婆娑地抗議，但羅札利依舊緊黏在我身上，完全不肯鬆手。她用大到不像人類的怪力，剝奪了我的人身自由。

——誰、誰來救救我啊啊啊啊啊啊啊啊啊啊啊！

正當我陷入絕境時，賽爾瑟烏斯和斯拉烏利卻在泉水邊露出了下流的笑容。

「嘻嘻！兩個透出膚色的女孩在打鬧呢！這樣很好，非常好！」

「哈、哈、哈，跟走光主義比起來，也別有一番風味呢。」

「哪有什麼風味啊！你這個蠢男神！」

我一怒吼，胸罩就啪一聲，被羅札利扯破了。

「噫！」

「好了別遮了快把手放開吧！」

「我才不要！」

「女神大人，請妳拿出決心吧！」

正當羅札利騎在我身上，試圖拉開我遮住胸部的手時，原本雙手抱胸，保持沉默的聖哉終於開口：

「喂，斯拉烏利，你HP積多少了？」

「喔喔，已經夠了。」

「這樣啊。羅札利，回來。」

「是！」

羅札利依聖哉所言離開我，跑回聖哉身邊。呃，妳是忠犬嗎！不、不過至少得救了！

斯拉烏利看到我和羅札利半裸著打鬧，似乎滿足了……真是個變態的色老頭！

「那麼斯拉烏利，你能傳授透明化給我們嗎？」

「可以。不過在那之前……」

斯拉烏利靠近我。

「幹嘛啦！不會又想叫我做什麼色色的事吧！」

不過，斯拉烏利跟剛才判若兩人，表情變得像賢者一樣安詳無比。他將亞麻布料的衣物遞給洋裝溼透又破爛的我。

「把這個披上。」

「咦？」

「快披吧，老夫可不能讓女性做如此淫穢的打扮。」

「唔！是你自己想看的不是嗎！」

我正要揪住斯拉烏利，卻發現他周圍飄散著水藍色的清涼靈氣。

「這、這是什麼？」

「HP滿了後，老夫已心如止水，不但對汝的性感模樣毫無興趣，甚至覺得礙眼。」

「你這老頭，小心我揍你喔！竟然一洩慾完就心如止水改頭換面！根本耍人啊！」

「莉、莉絲姐，冷靜一點，妳好歹也是女神啊。」

「我不但被看屁股，連奶都透出來！誰能冷靜啊，笨蛋！」

看到我狂吼，斯拉烏利搖搖頭。

「真是的，看汝這樣子，要透明化還早得很呢。」

「啥！」

「施術者的精神狀態會大大左右透明化的程度。如果情緒紊亂，透明度也會跟著大打折扣。」

斯拉烏利深吸一口氣，伸手貼近我的臉。

「老夫接下來要把靈氣分給汝。」

「靈、靈氣？你是指透明化的？」

「沒錯。得到靈氣後，只要反覆練習，應該就能透明化了。」

斯拉烏利用手虛掩我的頭。我感到一股水藍色的清爽氣流逐漸浸透全身。

──這就是透明化的靈氣嗎……？

斯拉烏利也同樣將靈氣分給聖哉、賽爾瑟烏斯和羅札利。

「來吧，你們要一邊默想著變透明，一邊消除所有慾望。不過這件事知易行難，要屏除雜念是非常困難的。」

「我、我知道了！我試試看！」

「反正還有時間，我們也算是有緣，老夫會盡可能仔細地教你們。」

斯拉烏利的修練終於要開始了──本來應該是這樣的……

「這樣就好了嗎？」

我朝聖哉的聲音傳來的方向看去，卻到處都不見人影。

……斯拉烏利的修練還沒開始，聖哉就已經消失了。

斯拉烏利比我還驚訝。他好不容易才平靜下來，這會兒又睜大長髮下的眼睛，高聲大喊：

「咦，老夫不是只給了靈氣，根本什麼都還沒教嗎！」

「嗯，不過我已經會了。」

太、太、太厲害了！聖哉的學習能力好像越來越強了！

「這、這真令人吃驚。而且還能維持透明狀態……」

在那之後，聖哉一下透明一下恢復，重複了好幾次。後來大概是滿意了，才終於停止透明化。

「你們也試試看吧。這是到目前為止最容易的修練了。只要進入無心狀態，努力想著要變透明就好。」

我照聖哉說的先深呼吸，然後用自己的方式努力默想，但身體依然沒有變化。聖哉的失望之情溢於言表。

「真奇怪，妳平常就可有可無，沒什麼存在感，照理來說應該能馬上變透明才對。」

「你這話是什麼意思！」

我憤憤不平，但賽爾瑟烏斯卻露出充滿自信的表情，喃喃自語：

「怎麼搞的？我覺得自己好像辦得到呢。」

真、真的假的！不過賽爾瑟烏斯好歹是劍神，在這方面或許比我有天分吧！嗚嗚，我不想被他超前啊！

過了一會兒後，賽爾瑟烏斯的手和臉真的開始褪色，變得越來越透明！

「消、消失了！我消失了！」

賽爾瑟烏斯喜不自勝地大喊。他的臉和手腳的確是透明的，但腰部以下仍清晰可見。

「賽爾瑟烏斯！你只有下半身還在！感覺好詭異喔！」

「咦咦！是這樣嗎！」

「……喂，你這是在耍寶嗎，賽爾瑟烏斯？」

「我才沒有好嗎！可是為什麼只有上面消失，下面卻留著呢？」

「嗯……就你的情形來說，可能是下半身充滿慾望吧。」

「唔！不要講得這麼難聽啦！」

呵呵呵！害我緊張了一下。幸好賽爾瑟烏斯還沒完全學會！莉絲妲黛，現在正是好機會！沒問題的，連賽爾瑟烏斯都能讓上半身消失了，我一定也可以！

我找回自信，閉上眼睛集中精神，一心想著透明化。過了一會兒後，我張開眼睛……將右手舉起來看。

「右、右手消失了！太好了！我辦到了！」

「還不行，妳也只有右半邊消失。」

「咦？」

我跑去泉水邊一照。真的只有右半邊消失，左半邊還留著，看起來像是被劍從頭頂劈成兩半。賽爾瑟烏斯走近我並大叫：

「嗚哇！從側面看好噁心喔！可以從剖面看到內臟耶！」

「唔！等一下，賽爾瑟烏斯！你怎麼可以隨便偷看女神的剖面啊！」

「……喂，妳是覺得這樣很好玩嗎，莉絲妲？」

「才沒有呢！我已經很努力了！」

這時在另一頭，羅札利正用無比嚴肅的表情，像唸咒般不斷地喃喃自語。

「我想幫上勇者大人的忙，勇者大人的……啊啊，勇者大人！」

「妳成了慾望的集合體，完全無法消失。」

「怎麼可能！」

……雖然聖哉很快就學會，但我們似乎還要花上一段時間才學得會。後來，我不經意看見聖哉跟斯拉烏利在交談。

「──有可能嗎？」

「唔，如果是老夫以外的人，應該很難吧。」

「我想試試看。」

「汝一下子就學會透明化，應該有這個天分才對。好吧。」

雖然重點沒聽到，不過從對話的內容推測，聖哉大概是想學透明化的進階應用吧。

於是聖哉……不，應該說是我們的透明化修練，就在冥界的泉水旁開始了。

第一天。

我、賽爾瑟烏斯和羅札利按照斯拉烏利的指導，在泉水旁打坐，集中精神。

聖哉似乎待在斯拉烏利的小屋裡。他明明已經學會透明化，到底在和斯拉烏利進行什麼修練呢？啊……不行不行！想這些事會讓我無法變透明！得集中精神才行！

「嘿，莉絲妲！妳看！我辦到了！」

我突然聽到賽爾瑟烏斯的聲音，回頭一看卻不見人影。

——咦，真的嗎！結果還是被賽爾瑟烏斯超前了！

「哈哈哈！我果然是劍神！天資過人啊！」

我受到很大的打擊。但仔細一看，賽爾瑟烏斯並不是完全透明。這次跟上次不同，除了上半身外，連腿部也消失了。可是……唯獨男性的重要部位清晰地留了下來。

「唔！你根本沒成功！下體還留著呢！」

「啊！為什麼！」

「應該是因為你滿腦子都是色色的事吧！斯拉烏利也說過，你的慾望都凝聚在下半身！你根本不是天資過人，而是慾望過人吧！」

「哼！站著講話都不腰疼啊！難道妳就能成功嗎！」

「給我睜大眼睛看清楚了！我可是兩次拯救難度S以上的異世界，如今成為上位女神的人！這才是我的實力！」

我深吸一口氣，緩緩地呼出來。

——繃起所有神經，莉絲妲黛！然後放空心靈……沒錯，想像春天的潺潺小河……

我將精神集中到極限。不久後，周圍的雜音從我耳內完全消失。

「什麼……！」

賽爾瑟烏斯驚訝得說不出話來。我緩緩張開眼睛往下看，不管是上半身還是下半身，在我眼中全都不見了。

「嘿嘿……怎樣啊，賽爾瑟烏斯？這才叫透明化嘛。」

但賽爾瑟烏斯扯起嗓門大喊：

「透明化個頭啦！妳的臉還留著呢！」

「啥！不會吧！怎、怎麼可能！」

「好像有顆頭飄浮在空氣中一樣，感覺好噁心喔！妳這個首級女神！」

「唔！吵死了，你這個下體男神！跟你講話就好像在跟那裡對話一樣！」

只有頭的我和只有下體的賽爾瑟烏斯陷入口角。那景象想必詭異到極點吧。後來，斯拉烏利不知不覺間來到我們身旁，看似滿意地點點頭。

「嘻、嘻嘻，經過一番波折後，你們也終於進步啦。身體殘留的部位也都確實消失了呢。」

「咦！真、真的嗎？」

「照這個進度來看，應該在今天，最慢明天就可以完全變透明了。神果然非常有天分呢。」

「喂，莉絲妲，他說我們很有天分呢！」

「對啊！」

雖然是個討厭的色老頭，不過聽到他這麼說，我還是跟賽爾瑟烏斯一樣開心。這時，斯拉烏利稍微收起笑臉。

「透明化難在維持，只要心一亂就會現形。但汝等和這個勇者在這方面倒不必擔心。」

「原來如此……對了，聖哉現在都在做什麼？」

「他很努力，不過在修練什麼老夫不便透露。他要老夫對汝等保密。」

「又、又來了！每次都喜歡搞神祕！」

「嘻嘻嘻！別氣別氣，他這麼做也是為了汝等啊。不過話說回來……他還真是個小心謹慎的勇者呢。」

斯拉烏利留下這句話後，就回小屋去了。

第二天。

「怎樣，莉絲妲！我的下體有消失吧！」

「有！完全不見了！吶，賽爾瑟烏斯！我的頭呢？」

「嗯，也完全消失了！」

……要是別人聽到這些話，應該會覺得很可怕吧。總之我們好不容易掌握了透明化。正如斯拉烏利所言，我們後來抓到訣竅，現在已經能完全變透明了。

我看著泉水做確認，也沒看到自己的身影。可是，當我開心地喊出：「成功了！」透明化又瞬間解除。啊，真的耶……透明化的確是要維持比較難……

只要精神一鬆懈，就會馬上解除，看來還得再多練一下才行。即使如此，我和賽爾瑟烏斯的修練仍算是順利。不過……

「……可惡！」

有人在我身旁跺腳，發出懊惱的叫嚷。我一看，發現羅札利苦著一張臉，連半透明都還辦不到。

「羅札利，太急躁的話會造成反效果喔。」

從羅札利襲擊我的那一天後，我就一直跟她保持距離。不過，我還是很擔心羅札利，便走過去向她搭話。

「女神大人……」

羅札利看向我，一臉尷尬地低下頭。

「抱歉，前幾天對妳那麼失禮。我實在太想拯救世界，所以才忍不住……」

「沒關係，那件事就算了，反正最後也因此開始修練透明化了啊。先別管這個了，要不要休息一下？」

「嗯……好啊。」

我和羅札利在泉水邊坐下。羅札利默默地看了清澈的水面好一會兒，情緒也逐漸冷靜下來。

「女神大人，在妳所在的世界裡，我都過著怎樣的生活呢？」

羅札利忽然問我這個問題。她雖然對扭曲世界不太了解，還是依稀知道我和聖哉是來自跟這裡有點不同的世界。

經過考慮後，我決定坦白回答。

「妳跟馬修和艾魯魯一起生活在羅茲加爾多。」

「神、神龍王跟我嗎……！而且……妳說艾魯魯……聖天使教的神竟然還活著……！」

「從現狀來看，應該很難相信吧。」

「不、不會，我倒不至於懷疑女神的話。再說……如果艾魯魯還活著，未來的確有可能改變。」

若有所思的羅札利又問我：

「父王他還活著嗎？」

「咦？這個嘛……戰帝他……」

「我希望妳能老實告訴我。」

可、可是他變成魔人後被聖哉殺掉的事，我說不出口啊！

「他、他好像是因病過世，不過聽說最後走得很安詳。」

走得很安詳是真的。他跟聖哉打了一場不是你死就是我亡的激戰後，就在羅札利的陪伴下靜靜嚥下最後一口氣。

羅札利用手指調整眼罩，充滿感慨地點了點頭。

「命運真是不可思議。雖然感覺像作夢一樣，不過那個世界的我要比現在的我幸福多了。」

「羅札利……」

正當氣氛變得有些感傷時，羅札利突然起身，對我展露笑容。

「我覺得現在好像能透明化了。」

「真的嗎？讓我看看！」

羅札利說得沒錯。過了一會兒後，她成功讓身體變得透明了些。相信之後只要多加練

習，應該就能完全消失了。

「謝謝妳，女神大人。」

她這麼說完後微微一笑。我和羅札利就這樣重修舊好。

# 第二十五章　前往納加西村遺跡

第三天。

我和賽爾瑟烏斯能維持透明化到一定程度後，就待在烏諾家休息。羅札利似乎也抓到訣竅，現在正照著斯拉烏利的指示，離開泉水邊，改成在房內安靜冥想。順便一提，賽爾瑟烏斯已經放心地在廚房做起蛋糕了。

「竟然能在短時間內學會透明化，真不愧是莉絲妲大人。」

我在客廳裡喝著烏諾泡的紅茶，露出難為情的笑容。

「算是勉強過關吧。唉，說到斯拉烏利啊，我起初真的覺得他是個超級糟糕的臭老頭呢。」

「但即使如此，他還是把透明化的靈氣分給了各位不是嗎？」

「嗯。」

烏諾換上比較正經的表情，把手中的茶杯放在桌上。

「冥界人能夠給予的靈氣量是有限的，斯拉烏利這一輩子恐怕無法再分靈氣給別人了吧。」

「咦！是這樣嗎！」
烏諾的話讓我大吃一驚。斯拉烏利竟然把那麼重要的靈氣分給我們！
「啊，莉絲妲大人，您要去哪裡！」
「我要去斯拉烏利那裡一趟！我也想知道聖哉修練得怎樣了！」

我快步穿過森林，抵達冥界的泉水邊。斯拉烏利像我們當初遇到他時一樣，靜靜地在岸上對著水面垂釣。他察覺我來了，主動向我開口：
「要找勇者的話，他已經不在這裡了。他說他要回去合成。」
「這樣啊，我們可能在路上錯過了……咦……這也就是說……」
「嗯，他已經學會高階的透明化技能了。真是個了不起的傢伙。」
關於那個透明化的技能，聖哉要斯拉烏利對我們保密。我想聖哉應該有他的考量，所以我也不再深究，只是在斯拉烏利身旁緩緩坐下。
「呃，那個……謝謝你了。」
「怎麼突然這麼說？」
「我要向你道謝，畢竟你能教透明化的對象很有限吧。」
「是聽烏諾波塔說的嗎？」
斯拉烏利揚起嘴角，意味深長地「嘻嘻」笑了兩聲。

「無所謂，能幫上神和神的勇者就好。因為神界和冥界是有供需關係的。」

我記得冥王以前也講過類似的話。話說，我們最近都沒去六道宮呢。倒是也沒什麼去的必要就是。

我望著靜謐的水面，喃喃自語般開口：

「冥界雖然是個奇怪的地方，不過好人意外的多呢。」

「烏諾和杜艾他們也是好人喔。冥界的人大部分都是誠心誠意地想幫你們。」

如果能給予的靈氣是有限的，那之前教聖哉技能的那些冥界人，可能也無法再把自己的技能傳授給別人了。要是以後再遇到他們，也得向他們道謝才行……正當我這麼想時，斯拉烏利一臉歉疚地抓抓頭。

「其實吾輩是基於一種接近本能的感覺，強迫自己完成自己的使命。雖然這個冥界人的常識，在神和人的眼中匪夷所思，吾輩仍必須這麼做，正如白晝之後必是黑夜般無法改變。吾輩天生就是如此。」

「呃……」

他、他到底在說什麼？內容好難，聽不太懂。不過冥界人只要跟ＨＰ扯上關係，的確會暴露出本性來，他指的應該是這件事吧。

「喔喔，上鉤了嗎？」

斯拉烏利盯著水面看。釣竿好像變彎了。

「釣到晚飯了。」

斯拉烏利奮鬥了好一會兒，才把長相猙獰的冥界魚拉上岸。他露出開心的表情。

——呵呵，這樣的他倒是個可愛的老爺爺呢。

「那斯拉烏利，我要走嘍。」

「嗯，要保重喔……啊，對了。」

「什麼事？」

「下次來的時候，可以給老夫看透出來的乳房嗎？之前很可惜沒看清楚，下次老夫一定要把乳頭看個仔仔細細……咦？喂——？」

回到烏諾家後，我突然想去看賽爾瑟烏斯在做什麼。一到了廚房，就看到他在開心地攪拌碗裡的材料。

「你還在做蛋糕啊？」

「反正都能變透明了，我要來好好利用剩餘的時間。」

「既然這樣，乾脆去練劍如何？畢竟你是劍神啊。」

「劍已經跟不上時代了。」

賽爾瑟烏斯突然拿放著蛋糕材料的大碗給我看。

「我也有自己的策略。這對冒險或許有幫助喔。」

「你是指儲備糧食嗎？可是蛋糕感覺放不了幾天耶。」

「不是只有戰鬥才算才能。」

賽爾瑟烏斯這麼說完，露出自傲的笑容。

「再說，距離出發還有一段時間。就算聖哉先生很熟練，萬一我們穿幫了也一樣完蛋，對吧？他一定會用『最終審查』之類的說詞，給我們追加修練的，所以要享受烘焙的樂趣也只能趁現在了。」

賽爾瑟烏斯說完，就開始專心做蛋糕。的確，現在回想起來，以前學會變化之術後，聖哉也曾不厭其煩地指導我模仿魚人。賽爾瑟烏斯說得對，這次出發前可能也有嚴格的審查。

我、我是不是也該趁現在做自己想做的事呢……

之後我和烏諾他們一起待在客廳，吃著賽爾瑟烏斯做的蛋糕時，聖哉朝我們走來。

「明天要出發，先做好準備。」

「「咦！」」

我和賽爾瑟烏斯同時發出驚呼。

「這有什麼好驚訝的？你們不是也學會透明化了？」

「可、可是聖哉，你又沒看我們練習！這麼草草了事真的好嗎？不審查一下嗎？」

「這次就省略吧。你們是神，就算不小心穿幫，只要敵人沒有連鎖魂破壞（Chain Destruction），就不會有多大的危險。再說，依照之前的經驗，即使我不厭其煩地下指示，也從來沒順利執行過，所以我已經先假設你們會失敗了，關於這一點可以放心。」

「啊，是喔，是這樣啊……」

呃，他完全不信任我們！不過追究原因的話，或許都得怪我吧！

「可是，也不知道羅札利能不能變透明……」

「只要你們會就沒問題。」

「咦……」

「那傢伙是生是死都無所謂。」

「怎麼又在說那種話啊！你也覺得這樣不好吧！」

「是、是啊，哈、哈、哈！」

我和賽爾瑟烏斯一起用開玩笑的口吻回答。這時，聖哉將視線投向羅札利所在的二樓房間。看到他的眼神，我不禁背脊發涼。那眼神十分冷酷，他看我和賽爾瑟烏斯的眼神相較之下都顯得溫暖。在聖哉眼中，扭曲世界的羅札利非但不是女人，甚至連人都稱不上。

——我有種預感，這次可能會出大亂子……！可、可是這次是蒐集情報，又不是要攻入敵陣，應該沒什麼問題吧！嗯！

我雖然這麼想，難免還是掛心。過了一會兒後，我一個人去了羅札利的房間。

「……吶，羅札利，我可以進去嗎？」

敲了門後，房裡回了一聲：「請進。」我開門進入房內……

「咦？」

卻到處都看不到羅札利的人影。

「看來我也終於學會了呢。」

我身旁突然響起羅札利的聲音！接著羅札利就從空無一物的空間中現身！

「妳能透明化啦！太好了，羅札利！」

我開心地握住羅札利的手，她露出有點害羞的笑容。

「這樣能幫上大家的忙嗎？」

「嗯，完全沒問題，絕對可以！」

「勇者大人會高興嗎？」

「嗯！他一定會高興的！」

「真、真的嗎！我還擔心要是自己成了勇者大人的絆腳石該怎麼辦呢！啊，實在太好了……！」

她一改平常一板一眼的說話方式，像個少女般臉頰緋紅，喜不自勝。雖然解決了一樁心頭的煩憂，但新的煩惱又掠過腦海。

「我，我說羅札利啊，妳不要對聖哉放太多感情喔。」

「啥？我、我當然知道！我、我對勇者大人並沒有任何特別的感情！我只是非常非常尊敬他而已！」

唔！她、她也太好懂了吧！

「是、是喔，那就好。明天要出發了，記得做好準備喔……」

我對神色慌張的羅札利這麼說完後走出房間。

——唉……聖哉和羅札利的想法根本完全相反。希望別因此惹出麻煩就好……

隔天。

我們在烏諾家的庭院集合。聖哉讓賽爾瑟烏斯拿了一大堆行李。

「那麼聖哉，我們要先去哪裡？」

「嗯，先回伊古爾鎮，再從那裡用羅札利的移動魔法陣前往神龍王生長的故鄉納加西村。」

羅札利戰戰兢兢地提醒聖哉：

「勇者大人，納加西村是廢墟，那邊應該已經沒人住了……」

「我知道。莉絲妲，到時就輪到妳出場了。」

「我？」

「我們要在村裡尋找馬修的私人物品，再用妳的能力讀取殘留的意念。」

「聖哉先生是打算在那裡使用莉絲妲的能力啊！」

——聖、聖哉居然會倚靠我的能力……！

「不過老實說，就算莉絲妲沒有那種能力，只要我發動鑑定技能，應該也能得到不少情報才對。」

「我、我有這個能力！我、我會努力讀取情報的！」

我表現出滿滿的幹勁，來送行的烏諾卻一臉嚴肅地靠近我。

「莉絲妲大人，如果要在下界魔神化，還請您務必小心……」

「我、我記得妳之前也這麼說過……難道這麼做會對身體有害嗎？」

「不，這倒不至於。只是感情會變得特別激昂，有爆發的危險。」

「感情會爆發嗎！」

我聽了很吃驚，賽爾瑟烏斯卻彷彿恍然大悟，拍了下大腿。

「經妳這麼一說，我之前在伊古爾鎮魔神化時，想討好路西法的負面感情也急速萌生！」

這樣啊……原來是這麼一回事啊！」

「不，你的情形剛好相反吧！是你先想討好路西法，才會魔神化的吧！」

「啊，是這樣嗎？嗯……是這樣沒錯。抱歉。」

「總之你給我閉嘴！那小烏諾，除此之外沒其他問題吧？」

「沒有。只要莉絲妲大人能讓情緒保持平穩，應該沒什麼問題。」

「我知道了！我會小心的！」

「……莉絲妲，妳真的沒問題嗎？」

「在斯拉烏利那裡修練時，我就有練習情緒管理了！相信我吧！」

我照聖哉的指示，把門開在伊古爾鎮。雖然感覺睽違數日，但因為冥界時間的流動速度跟神界一樣慢，所以伊古爾這裡實際上只過了幾小時。

「啊啊，勇者大人……！他應該會想盡快前往納加西村吧！這是顧慮到我的感受，才會先回來鎮上吧！」

羅札利一開口就是對聖哉的感謝。

「哦哦！羅札利大人回來了！」

不久後，鎮民聚集過來，羅札利開始向眾人大致描述這段時間的經歷。我望著那樣的羅札利。

——唔……聖哉之所以回到伊古爾，只是因為這裡是扭曲蓋亞布蘭德最安全的地方吧。一定是這樣的。

我似乎猜中了。聖哉用嚴厲的口吻說：

「喂，羅札利，先別管那個了，趕快準備移動魔法陣。」

「抱、抱歉！我現在馬上準備！」

羅札利向鎮民簡單交代接下來要和勇者同行後，用手杖在地上畫起魔法陣。聖哉這次終於沒有懷疑，直接進入魔法陣。不過……

「為了保險起見，先透明化後再去。賽爾瑟烏斯、莉絲妲，你們也變透明吧。」

我們發動透明化後，就看不到彼此的模樣了。空氣中響起賽爾瑟烏斯帶著擔憂的聲音。

「可是聖哉先生，這樣我們就不知道彼此的位置了。」

「嗯，這是透明化的缺點。所以我留下羅札利不透明化，讓她走在前頭帶路。」

「我知道了！」

羅札利笑著點頭……算了，反正納加西村據說是無人的廢墟，應該沒問題吧。

「那就出發了。」

魔法陣發出耀眼的光輝，我們像被吸進去般消失。

光芒減弱後，我接著看到一大片崩塌的建築物。從風化的情況能感受到歲月的流逝，瓦礫間長滿茂盛的雜草。

「看來已經滅村很久了呢。」

我只聽到賽爾瑟烏斯的聲音。現在，我們除了羅札利外全都隱形，只知道人是在聲音傳來的方向上。

「這個村也毀在龍人幾年前的侵略中。」

「可是這裡是馬修的故鄉吧？」

「我聽說神龍王連養育自己長大的人類也殘忍地殺死了。」

「怎麼會……！」

『我在我的故鄉納加西村也是被稱為「勇者馬修」喔！』

我突然想起馬修中氣十足地反嗆聖哉的模樣。即使到了現在，我還是不覺得馬修會做出這麼慘無人道的事。他一定是被別人操縱……或者那根本不是他本人……這種想法一直在我腦中揮之不去。

「我想找馬修的老家。」

「聽說神龍王是在村長家長大的。我記得村裡最大的房屋遺跡就在村子的中心。」

「那麼羅札利，妳先去那邊探個路。」

「好！」

唯一沒隱形的羅札利充滿活力地跑走了。賽爾瑟烏斯低聲說：

「羅札利很有用呢，連移動魔法都比莉絲妲的門方便。」

「只、只要去過一次，我的門也能記住地點啊！加上詠唱時間也短，所以還是我的門比較快！」

就算我試著這麼反駁，聖哉大概也只會吐槽「妳根本沒用」吧。但沒想到……

「總體來說，莉絲妲的門的確比較優秀。就算沒有伊古爾鎮民的許可，也能穿過結界進入鎮裡。」

聖哉竟出乎意料地誇獎了我。為、為什麼呢？真難得！

「那妳記住這個村子，能在這裡開門了嗎？」

「嗯！沒問題！」

「如果羅札利死了，要找移動的方法很麻煩，所以妳要好好記住，到時候才能派上用場。」

「別、別說這麼不吉利的話嘛……咦、咦咦咦！」

在聖哉的聲音傳來的方向上，忽然出現一大群沙羅曼達！這些火蜥蜴從空無一物的地方突然冒出來，以飛快的動作分散到整個村子裡！

「剛才那是什麼！」

「想徹底搜查民宅時，用火蜥蜴比鳳凰自動追擊方便。」

聖哉不但叫羅札利去確認，還開始自行調查。但這時羅札利跑了回來，因為看不到我們而東張西望。

「羅札利，這裡。」

「啊，是女神大人！向各位報告！村長家一帶很安全！房子雖然腐朽嚴重，屋內倒還留著家具！」

「嗯，那我們走吧。羅札利，妳在前面帶路。」

「好！」

但羅札利才前進幾步，聖哉就喃喃開口：

「不……等一下，火蜥蜴在村子北方的教堂遺跡裡發現了龍人。」

「龍、龍人嗎！」

「我要再觀察一下。」

聖哉的聲音從空無一物的空間傳來。之前放出的火蜥蜴眼睛應該聯結著聖哉的雙眼吧。

「嗯，看起來跟一般的蜥蜴人沒兩樣。」

過了一會兒後，聖哉的聲音再次響起。羅札利露出驚訝的表情。

「在這種廢墟竟然有龍人！我要去殺了他們！勇者大人，你們就先去村長家吧！」

「不，我要先去探探對方的底細。如果抓來毒打拷問一番，問出的情報跟讀取殘留意念時看到的應該會不同吧。」

「要、要拷問嗎！」賽爾瑟烏斯的聲音從我背後傳來。我也驚訝得倒吞口水。這實在不像一個勇者會做的事！不過這也是為了拯救世界吧？

本來以為只要透明化，在納加西村收集情報就會很安全，但隨著龍人出現，原本平和的氣氛立刻瀰漫起火藥味。

# 第二十六章　失控

除了羅札利外，我們都保持透明，追在聖哉放出的火蜥蜴後，朝龍人所在的教堂前進。我們一邊避開瓦礫，一邊沿著布滿砂石的道路朝北方前進。途中，帶頭的火蜥蜴突然停下腳步。我們抵達的教堂雖然屋頂和牆壁崩塌，從遠方就能將內部看得一清二楚，不過神像仍殘留了下來。那個龍人跪在神像前，雙手合十。

——真、真的有龍人耶！

羅札利從遠方窺探對方的動靜，喃喃低語：

「他應該是在進行聖天使教的祈禱吧。」

「妳是指將死去的艾魯魯奉為神明的那個宗教嗎？」

「沒錯。在聖天使教的教義裡，唯有龍人是最崇高的種族，人類和魔族都必須毀滅。那個宗教聚集了一群不惜為神龍王犧牲性命的信徒。」

聖哉打倒的修德拉爾，以及入侵了伊古爾鎮的帕拉杜拉，都曾經像唸咒般反覆地詠唱「願聖天使庇佑吾等（Ora-eru-raruru）」。我之所以害怕他們，或許不是因為他們能力值高，而是看到那雙因堅信錯誤教義而變得混濁的眼眸。

「聚集了一群連死都不怕的信徒嗎……總覺得好恐怖喔……」

「嗯，那點子倒是不錯。」

「啥！哪、哪裡好了！」

「沒什麼，跟妳沒關係。」

我對聖哉的話感到在意，另一頭的羅札利卻拔出劍，準備走向龍人。

「等、等一下，羅札利，妳要幹嘛！」

「我去抓他！之後再來拷問！」

「等一下，羅札利！妳看，那個龍人的樣子怪怪的！」

我抓住羅札利的肩膀制止她。遠方的龍人跪在神像前——眼中流下一行清淚。

「神啊……還請您……還請您寬恕馬修大人……希望真正的幸福能降臨在人與龍之間……」

他真摯的祈禱傳進我耳裡。跟之前在扭曲蓋亞布蘭德看過的龍人相比，這個龍人明顯不同。從他的禱告中，我感受到真情流露。而且……我好像聽過這個龍人的聲音。

「吶，聖哉，我們是不是在哪裡見過那個龍人？」

「龍人的外表看起來都一樣……不過聽妳這麼一說，我也覺得他的聲音挺耳熟的。透視他的能力值看看。」

如果透視能力值，有時能知道對方的名字。我正要照聖哉所言發動能力透視，他就馬上喃喃開口：

「嗯，名字是『拉戈斯』嗎？我記得好像是幫我們帶路到龍之鄉的龍人吧。」

「沒、沒錯！我想起來了！是拉戈斯先生！」

在原本的蓋亞布蘭德時，拉戈斯是用移動魔法陣帶我們到龍之鄉的龍人。我記得當時龍之鄉的龍人都像狂熱的信徒，對龍王母言聽計從，唯獨拉戈斯是正常的。

「如果是拉戈斯先生，應該可以放心！我們就靠近他問問看吧！」

我才剛這麼說完，原本在禱告的拉戈斯就突然劇烈咳嗽，蜷起身子往前倒下。他的口中流出紫色的液體，不斷滴落在地上。

「咦？難道他生病了嗎？」

「我在確認能力值時，也順便發動了鑑定技能。那不是生病，而是肉體極度衰弱，再加上精神的疲勞，使他的生命力急遽減少。他能活著已經算奇蹟了。」

「這、這樣啊。那靠近就更沒問題了吧？」

「……好吧。」

聖哉解除透明化，我和賽爾瑟烏斯也現出形體。聖哉說：「稍等。」然後做出了幾隻火蜥蜴……呃，這未免也小心過頭了吧！

我緩緩走向拉戈斯。拉戈斯擦掉嘴邊的血，勉強起身。他察覺到我的出現，身體微微顫抖。我用盡量開朗的語氣說：

「我是女神莉絲妲黛！放心吧！我不會加害於你的！我保證！」

「是、是女神大人嗎……？咕喔喔！」

「咦？」

聖哉放出的火蜥蜴突然襲擊拉戈斯，壓住他的雙手和雙腳！

「唔！不，怎麼我才剛說完你就加害他了！」

「為了保險起見。」

「他那麼虛弱，根本用不著這麼做吧！搞得好像我在說謊一樣！」

雖然遭火蜥蜴壓制，呈大字型倒在地上，拉戈斯還是笑了。

「沒關係，想到龍人至今對人類做過的事，會有戒心也是在所難免……」

他接著往我瞥了一眼。

「這神聖的靈氣……看來您所言不虛呢。沒想到會在臨死前遇到女神……命運還真是諷刺呢……」

拉戈斯說完又開始咳嗽。他似乎明白自己死期已近。聖哉一臉狐疑地問他：

「喂，你為什麼會一個人待在這裡？」

「我被神龍王——不，被馬修大人趕出巴哈姆特羅司，因為我有叛變的嫌疑……」

「叛變？你做了什麼？」

「我提出龍族和人類不該爭鬥的諫言，結果那些話觸怒了激進派。」

「就、就只是這樣？」

「不過我沒有當場被殺，這還是得感謝馬修大人的仁慈。沒錯……馬修大人其實是非常溫柔的。」

即使被火蜥蜴困住，拉戈斯仍用若有所思的眼神望向從破舊教堂看見的天空。

「我很懷疑，拯救世界真的需要聖劍伊古札席翁嗎？不，至少馬修大人就不該成為聖劍的主人……」

拉戈斯一臉痛苦地閉上眼睛。

「但事到如今，再怎麼想也無濟於事。我無力可回天，只能為人類和龍族祈禱……」

拉戈斯邊說邊看著綁在手臂上的綠色布條。聖哉立刻有了反應。

「喂，那該不會就是馬修的私人物品吧？」

「啊，聖哉先生！那是馬修的頭巾！他跟著我修練時，也一直綁在頭上！」

「給我。」

聖哉從躺在地上的拉戈斯手臂上強行扯下頭巾。

「這樣就省下去村長家的工夫了……喂，莉絲妲，能不能現在就用這條頭巾看以前襲擊納加西村的馬修？」

沒錯，我的能力不只能讀取殘留意念，還能進一步瀏覽從中衍生的擁有者的相關情報，但如果要做到這一點，就必須將魔神之力完全解放。

「這個嘛，如果是那種指定的影像，可能要非常集中精神才能看到吧。」

「要是不行，先回一趟冥界也可以。」

「不用了，我要試。我要試試看……」

如果在下界魔神化，可能會讓壓抑的感情爆發。不過……我現在可是上位女神！只要精神夠集中就一定沒問題！要相信自己的能力啊，莉絲妲黛！

我使出型態轉換法（Type Opposite），從神變成魔神。魔神化的我身著黑色皮革洋裝，胸口敞開，模樣像小惡魔。我接著用力深呼吸。

「真的沒問題嗎，莉絲妲？」

「嗯，沒問題的，賽爾瑟烏斯。我的內心深處的確湧出某種熾熱的感情，不過這跟透明化的要領相同，只要心情冷靜，持續自我控制，就沒什麼大不了的。」

「哦，表現得不錯嘛，莉絲妲！」

好了，接下來要更集中精神，讀取馬修的殘留意念。呼～話說回來，聖哉真的好帥喔。怪了，等一下，這是怎麼回事？真奇怪，我現在必須讀取馬修過去的情報才行。啊啊，好想跟聖哉盡情玩親親喔。

我把手上的頭巾扔到一旁。畢竟眼前有這樣的好男人，哪有時間去管什麼難懂的殘留意念啊——————！

「聖哉啊啊啊啊啊啊啊啊！」

我撲向聖哉的胸膛。羅札利表現得比聖哉還慌張。

「女、女神大人！妳怎麼突然這樣！」

「哼！羅札利！聽好了，聖哉是屬於我的！」

我身體貼緊聖哉，不停扭動。

「因為我和聖哉前世可是有過愛的結晶喔！哈哈！」

「……喂，放開我。」

聖哉將我一把推開，我卻不死心，主動把衣襟拉得更開，逼近聖哉。

「呼呼～聖哉！我們一起做色色的事吧！哈呼～！」

賽爾瑟烏斯指著我大叫。

「唔！妳這樣根本連自我控制的邊都沾不上啊！……聖哉先生，這下該怎麼辦啊！」

「不用擔心，這種事當然也在我的預料之內。」

聖哉說完舉起手臂，但我依然老神在在。

「哎呀～！難道要給我一拳嗎？呵呵，好啊！被聖哉打可能會很有感覺喔！還是要像以前一樣用劍鞘擠壓我的胸部呢？也可以喔，啊哈～！」

但聖哉用單手對著我，喃喃開口：

「……地獄業火。」

他手中冒出鮮紅烈焰，像繩子般纏住我！

「唔！嗚哇啊啊啊啊啊啊啊啊啊啊啊啊啊啊啊！」

因為太熱太痛，我忍不住慘叫，魔神化也同時解除！變成一團火球的我在地上打滾，好不容易才把火撲滅。

「哈啊、哈啊、呼嗚、呼嗚！」

我勉強保住小命，不但洋裝燒焦，連頭髮也捲曲變形。

「……怎樣，莉絲姐？意識清醒了嗎？」

「唔！怎麼可能不清醒！全身都燒焦了耶！」

「本來就是妳不對。」

「所以就能對女神用地獄業火嗎！你看啦，衣服破了，頭髮也捲起來了！」

「頭髮捲了自己治，衣服的話我有帶。」

聖哉從道具袋裡拿出白色洋裝扔給我。

「你、你還帶了我的備用洋裝嗎？」

「嗯，我想可能會對妳用地獄業火，所以就事先準備了。」

「唔！原來你早就打算有一天要燒我嗎！」

不過這次的確是我不對，所以我也沒再回嘴，乖乖收下替換用的洋裝。

「話說回來，沒想到清純的我竟然會做出那種事……連我自己都不敢相信……」

「感覺跟那個淫亂女神蜜緹絲大人很像，還主動露胸給人看。」

「嗚嗚，好討厭喔！我今天本來想好好表現一番呢！」

「不過就某種層面來說，妳也算是『幹』勁十足呢。」

「我不要那方面的表現啦！」

我和賽爾瑟烏斯交談時，聖哉從地上撿起馬修的頭巾拿給我。

「好了，妳再試試看吧。這次妳大可放心，如果再慾火中燒，我會隨時燒妳。」

聖哉說完後，在右手上點起地獄業火的火苗。不，這樣我更無法放心啊！

但羅札利卻用羨慕的眼神望著我。

「我也想被勇者大人的地獄業火燒燒看……」

「唔！最好別這樣啊！那可是地獄啊！」

「夠了沒，快讀。」

我深呼吸，發動魔神化。「不想再被燒了」——我抱著這個念頭集中所有精神。不久後……四周的雜音從耳際消失，僅剩一片深邃的寂靜。之後，我的眼前就出現了影像。

……女童到處亂竄，建築物熊熊燃燒。在淒厲哭叫的民眾背後，有群全副武裝的龍人步步逼近。至於在前方打頭陣的，就是……

——馬修……？

他的褐髮跟以前一樣尖尖地往上翹，身高卻跟聖哉相仿。刻在他手背上的龍之紋章往外擴大，在沒被盔甲遮住的手臂和脖子上也能看到，感覺像刺青。他凌厲又混濁的雙眼猶如魔物，容貌跟我熟知的馬修截然不同。

「別、別害怕！我們要勇敢迎戰！」

拿著長槍的人類大喊。村民們鼓起勇氣，擋在龍人大軍前方。雖然納加西村應該也有會劍術和魔法的人，不過龍人和人類的戰鬥能力原本就有差距，因而產生了決定性的不同。

有個士兵趁龍人不注意時砍了他的背，造成大量失血的致命傷，但龍人看似不痛不癢，若無其事地咬住士兵的頭。士兵倒下後，龍人也漠不關心，只用空洞的眼神喃喃自語：

「願聖天使庇佑吾等……」

這個邪教集團大肆蹂躪人類。到後來，算得上戰力的人類都死了，只剩女童和老人，但龍人照樣無情地砍殺他們。

「……這個村子是我的汙點。我要殺光村人，燒光村子。」

馬修似乎想抹去以前跟人類一起生活的回憶。打頭陣的他下達冷酷的命令，聲音在四周迴盪。

就在這時，有個青年從建築物的陰影處跑來馬修面前，跪下來懇求他。

「是我啊，馬修！我是格連啊！我以前常跟你一起玩，對吧？」

「啊？我不記得了。」

「救、救救我好嗎！我還不想死啊！」

「嗯——那你等我一下。」

馬修接著用手抵住下巴，看向身旁空無一物的空間。

「喔喔……嗯……這樣啊，說得也是。我知道了。」

——咦……怎、怎麼回事？他在自言自語嗎？

之後，馬修帶著笑容面向青年。

「格連，你想再活久一點吧？」

「啊，是啊！」

「那我就讓你活久一點吧。」

馬修伸手要求握手，格連笑著回應，但那個笑容卻隨著慘叫聲變得扭曲！格連的手鮮血直流！食指掉在地上！

「怎麼這樣！你不是說要救我嗎！」

「我從沒說要救你，只說能讓你活久一點。」

馬修從格連背後架住他，又扯斷他的中指。格連放聲哭喊，馬修卻不以為意，繼續折斷他的無名指，甚至小指……

——太、太殘忍了！如果是這種待遇，還不如馬上殺了他！

當雙手的手指都沒了，格連也早已痛昏。但馬修仍邊踢格連的肚子邊對周圍的龍人說：

「人類的構造很遜，只要讓他們痛到一定程度，就會失去意識……喂，起來，要是不在你意識清醒時殺掉你，就沒意義了。」

後來格連哀嚎了一聲，恢復意識，馬修把斷指塞進他嘴裡。

「嘻哈哈哈哈！你的手指好吃嗎！」

「噫呀啊啊啊啊啊啊啊啊啊啊啊啊啊！不行，我看不下去啦啊啊啊啊！」

我發出慘叫，自行關閉影像，全身汗水淋漓。

「喂、喂，莉絲姐，妳還好吧？妳到底看到了什麼！」

「遠超過我的想像啊！」

「哦，他變成那麼糟糕的蘑菇了嗎？」

「那用糟糕已經不足以形容了！他折斷人類的手指，塞進對方嘴裡……嘔噁！」

光是回想我就想吐。羅札利摸了摸我的背。

「妳應該知道神龍王有多可怕了吧。」

「嗯、嗯……」

「莉絲姐，把妳看到的內容詳細告訴我。」

我把讀取到的影像描述給聖哉聽，尤其是馬修的容貌和動作等，聖哉問得更鉅細靡遺。

我說著說著，心情也變得輕鬆了些。

「馬修竟然會做出那種事……真令人難以相信。」

「扭曲世界的馬修不是馬修，而是扭曲的幻影。」

「可是他原本是馬修吧？那麼率真的好孩子怎麼會變成這樣……」

「……女神大人，看來您似乎知道馬修大人真正的樣子呢。」

拉戈斯被聖哉的火蜥蜴壓制，呈大字型躺在地上，只有臉能轉向我。他雖然骨瘦如柴，表情卻很安詳。

「龍人本該是幫助人類打倒魔王的種族，但在艾魯魯大人死後，兩族的關係就走了樣。沒錯……一切都是從那時開始……」

拉戈斯邊說邊劇烈咳嗽。

「拉、拉戈斯先生！我說聖哉，快把他放開啦！」

「沒關係……反正不管怎樣，我都已經……」

拉戈斯猛咳一聲，口中流出大量鮮血。

「能在最後見到您，也算是某種機緣吧。我求求您，女神大人……請您救救世界……不……救救馬修大人吧……」

拉戈斯說完就閉上眼睛，一動也不動了。

# 第二十七章　聖劍之力

「他、他死了嗎……？」

一行清淚從斷氣的拉戈斯眼中滑下。那應該不是因為肉體的折磨，而是起因於源自別處的傷痛吧。雖然被視為叛徒，拉戈斯仍一直為龍人和人類的未來擔憂。一股想哭的衝動襲上我的心頭，羅札利似乎也被拉戈斯真摯的心意打動，帶著沉痛的表情喃喃開口：

「原來在蓋亞布蘭德裡，還是有這樣的龍人呢。」

我們情緒低落，垂頭喪氣，唯獨聖哉若無其事，大步走近拉戈斯的遺體。

「雖然能力值上已確定死亡，不過還是得好好檢查他是否真的死了。」

「呃，我說聖哉……拉戈斯先生又不是敵人，不必那麼仔細地確認他的死亡吧……」

但聖哉依舊蹲下來，替拉戈斯搜身。

——難、難不成他要像平常一樣，用地獄業火燒光拉戈斯嗎……？拜託你看一下氣氛啊，聖哉！

我正為聖哉的行動感到焦慮時，他突然迅速起身。

「喂，你們快離開這裡。」

那一瞬間，聖哉的身影忽然消失！

「你、你透明化了嗎！為什麼！」

「你們也邊跑邊透明化吧。我們在教堂的入口會合。」

聖哉的聲音越來越遠，好像在邊說話邊跑向教堂的入口……所以說到底是為什麼啊！

不過我們還是照聖哉的話變透明，前往教堂的入口。因為大家都透明化，看不到彼此在哪裡。我戰戰兢兢地走向入口附近的瓦礫堆後面，卻撞上了巨大的物體。

「好痛！」

「聽這聲音，是莉絲妲吧！小心一點！」

「沒辦法啊，我又看不到！你才是呢，不要呆站在路上啦！」

「……你們很吵，安靜點。羅札利在嗎？」

「在！就在您身旁！」

「對了，聖哉，你為什麼突然透明化呢？」

「可能會有其他龍人來確認拉戈斯的死。」

「咦咦！會有這種事嗎？他們怎麼知道拉戈斯先生死了——」

這時羅札利打斷我的話。

「看！遺體附近有光源！」

在拉戈斯倒下的地方附近的地面，出現了刺眼的光芒。不會錯的，跟光芒同時噴出來的確實是魔力。

「不、不會吧！那是移動魔法陣嗎！真的有人來了嗎……！」

刺眼的光芒消失之後，有人站在拉戈斯的遺骸旁——我一看到對方就膽寒，發出顫抖的聲音。

「是、是、是馬修……！」

滿溢而出的霸氣和壓迫感。剛才從殘留意念中讀取到的馬修，現在就站在那裡。我看到的納加西村屠殺事件應該是好幾年前發生的，不過他的外表幾乎沒變。如果硬要說有哪裡跟當時不同，大概就是手腳上像刺青的龍之紋章分布得更廣了。

「咦咦！莉絲姐！那是馬修嗎！樣子幾乎全變了耶！身上還多了刺青！」

「那是龍之紋章啦，不過看起來的確挺像刺青的。」

賽爾瑟烏斯對馬修的劇變深感錯愕。不過還有另一件事讓我很在意。

「吶，聖哉，你怎麼知道馬修要來？」

「剛才我在拉戈斯的懷裡發現這個。」

突然，一個貌似紅寶石的物體開始在我眼前飄浮。聖哉保持透明的狀態，將龜裂的紅色胸針拿給我看。

「妳鑑定看看。」

「喔，好。」

發動鑑定技能後，技能用像是我自己在對自己講話的形式把結果告訴我。

「這是『通報胸針』呢。紅藍兩色胸針為一組，兩個胸針都含有魔力。只要把藍胸針放在地圖上，就能知道持有紅胸針的人大概的位置……」

鑑定到一半時，耳邊傳來聖哉的聲音。

「馬修認為拉戈斯是反叛分子。雖然他把拉戈斯逐出巴哈姆特羅司，但為了防止眼中釘作亂，他得繼續監視。」

「簡直是GPS嘛……！」

「不，比那更糟。這個通報胸針的另一個功能，就是當持有者喪命時，成對的藍胸針會同時裂開。」

「那麼，這個胸針是感應到拉戈斯先生的死，所以通報馬修嗎？」

「嗯。雖然我剛才並不知道誰會來……但有猜到馬修可能會現身。之前在難度S以上的異世界裡，也發生過幹部或頭目突然出現的狀況吧。」

唔——就結果來說，多虧聖哉有仔細檢查拉戈斯先生的遺體，才讓我們得以避開馬修，用透明化撤退到安全的地方來……羅札利說得對，聖哉的行動的確常常切中要害。

我再次對聖哉的謹慎刮目相看。這時，遠方突然傳來冷酷的聲音。我將視線投向聲源——也就是馬修的身上。

「喂，拉戈斯，不會吧，你真的死了嗎？」

馬修在拉戈斯的遺骸旁垂下頭，像在哀悼拉戈斯的去世。

「什麼嘛，我還以為馬修變壞了，沒想到還保留著溫柔的一面呢。」

賽爾瑟烏斯用如釋重負的語氣喃喃開口。的、的確沒錯！就算對人類和魔族抱著強烈的憎恨，至少對夥伴的感情沒變！這樣或許還能跟他溝通一下！

就在我這麼想時，馬修卻高高地舉起右腳，朝倒地的拉戈斯頭部踩下去！拉戈斯的頭在教堂地板破裂的巨響中化為肉醬！

「嘻哈哈哈！叛徒就是要這種下場！你應該更早點死才對！」

「唔！喂，莉絲妲！他踩爛同伴的頭啦！」

「是、是啊！還『嘻哈哈哈』地大笑呢！」

「……喂，莉絲妲、賽爾瑟烏斯，你們不能亂了方寸，透明化會解除的。」

「「啥！」」

我們互看對方的身體，大吃一驚。原本完全透明的身體，現在竟隱約出現了輪廓！

——糟、糟了！集中精神，集中！

我和賽爾瑟烏斯一起深呼吸，勉強讓情緒沉澱，再次透明化。聖哉用責備的語氣說：

「膽小的傢伙就別看。」

「聖、聖哉先生，難道你看了都沒感覺嗎？」

「我覺得『他踩了頭』。就這樣而已。」

「只有這樣嗎……！」

呃，就算再怎麼不為所動，也該有個限度吧！那種性格真讓人羨慕啊！

「……那就是殘虐沒人性的暴君——神龍王馬修・德拉哥奈特。」

身旁傳來羅札利沉穩的聲音。我邊窺伺馬修的行動邊倒吞口水。馬修笑著猛踢拉戈斯的身體。他強韌的腳力把拉戈斯的遺體弄得像絞肉一樣爛。他每踢一次，遺體就變得越來越像肉塊。

嘻嘻嘻嘻嘻！他竟然笑著狂踢屍體啊啊啊啊！

「那、那舉動實在太不正常了！」

「嗯……」

那景象過於殘酷，不但讓賽爾瑟烏斯感到畏怯，連聖哉也看似難以招架——

「我看不到馬修的能力值。應該是上了防護（Protect）吧。」

——原來我誤會了！聖哉根本視若無睹，只顧著看能力值！這勇者也不是正常的勇者啊！

「雖然此行的目的是要透過殘留意念獲取馬修的情報，不過既然他現在踢屍體踢得這麼專心……」

聖哉沉默半晌後喃喃開口：

「羅札利，妳去砍下馬修的頭。」

——咦咦咦咦！

羅札利意氣風發地回答：

「沒想到能親手了結殺父仇敵！勇者大人！我要向您致上比海更深的謝意！」

「嗯，去吧。」

「我會努力完成這個重責大任的！」

之後……四周陷入一片沉默。雖然看不見透明的羅札利，不過她現在應該正躡手躡腳地接近馬修吧。我小聲問聖哉：

「呃，不是應該你去嗎？」

「要是被馬修發現就糟了。」

「可、可是你的透明化不是很完美嗎！」

「他可能會透過細微的腳步聲、空氣的震動察覺。就算肉眼看不到，也可能靠第六感、魔法或道具來識破我。那不過是冥界的色老頭說的話，我並不相信。」

斯拉烏利……虧你都特地分靈氣給他了，竟然被批評得一文不值！

「再說，萬一被伊古札席翁砍到，就無法復原了。即使不是連鎖魂破壞，一旦受了致命傷，妳和賽爾瑟烏斯也不知道會怎樣，所以我派羅札利去也是理所當然的，反正她死了也沒關係。」

這樣啊，聖哉也是用自己的方式在為我和賽爾瑟烏斯著想。可是這樣對羅札利太過分了……

雖然擔心羅札利的安危，不過看馬修還沉迷於踢拉戈斯的屍體，或許羅札利已經拔出劍，逼近馬修的背後了吧。

——沒、沒錯！用卑鄙的手段又怎樣，只要能修復蓋亞布蘭德的歪曲就好！

我心跳加速，等著看馬修被暗殺。可是，當我將視線聚焦在馬修時，有個非比尋常的東西映入眼簾。

——那……那是什麼！

在馬修背後不知何時冒出一名女子。她一頭紅髮，穿著珊瑚紅的洋裝。

『馬修，有敵人喔。』

女子對著馬修耳語。我明明距離很遠，卻不知為何聽得到她的聲音。馬修立刻停止踹屍體，拔出腰間的劍，將閃耀七彩光芒的劍身插在地上。

「伊古札席翁！解除敵人的術式！」

劍發出七彩光芒，如漣漪往四周擴散！只差一點就能碰到馬修的羅札利在剎那間現形！

「妳是……羅札利．羅茲加爾多！」

馬修拿起伊古札席翁，用猙獰的表情怒瞪羅札利。羅札利發現自己還沒進入攻擊範圍就被解除透明化，只好立刻後退，跟馬修拉開距離。

聖哉「咕」的一聲咂了下舌。沒錯，作戰失敗了。而我們現在也身陷險境。不光是羅札利，就連我、賽爾瑟烏斯甚至聖哉，都因為馬修的技能而穿幫，變得毫無防備！

羅札利看向這裡，尋求聖哉的下一步指示。馬修似乎察覺到她的動作，將視線投向站在入口附近的我們。

「還有其他人啊。竟然使用這種奇怪的技能。不過在伊古札席翁前都是沒用的。」

我們距離馬修相當遠，但賽爾瑟烏斯仍像被蛇盯上的青蛙般往後退。

「嗚嗚……真的假的！伊古札席翁竟然連那種能力都有嗎！」

「嗯，我也有點驚訝，不過不是對透明化被解除這件事，而是他發動技能的時機。」

「這、這麼說也對呢！為什麼他會察覺羅札利逼近他呢？」

「羅札利在接近時已經非常小心了，或許是用第六感察覺了羅札利的氣息吧。」

「……咦？」

感覺不太對勁。賽爾瑟烏斯和聖哉都沒發現馬修身旁的女子。

「吶、吶，你們都沒看見嗎……咦，奇怪！」

在我手指的方向只剩馬修一人。她、她消失了嗎！怎麼可能！

「唔，沒辦法再次透明化。看來伊古札席翁的效果還在持續。」

聽聖哉的口氣，似乎對那女子一點也不在意。我覺得聖哉不會開玩笑，所以這代表只有我看得見那名女子。那、那她到底是什麼！幻覺嗎！

不過現在也沒時間去想那個可能是幻覺的女子了。馬修散發出驚人的氣勢，瞪著羅札利。

「好久不見了，羅札利·羅茲加爾多。自從那一次，我們就沒再見過了吧？」

「神龍王……馬修·德拉哥奈特……！」

羅札利的獨眼透出憎惡，不服輸地回瞪馬修。

「妳很憤怒吧。這也難怪，畢竟是我殺了妳的父親啊。不過我也很生氣，只因為讓妳逃了，人類和魔族竟然就苟活到現在。」

馬修邊踐踏腳下的拉戈斯肉塊邊說：

「這是我的壞習慣。要是當時我能放下玩心，把妳收拾乾淨的話，後來就不會這麼麻煩了。沒想到妳竟然在鎮上張開結界，讓人類和魔族在裡面共存。」

馬修將伊古札席翁扛上肩，身體一晃，逼近羅札利。羅札利也重新握好劍，準備迎戰。不過……

「羅札利，退下。我們先撤退。」

「是、是的！」

聖哉下達指示。太好了！依聖哉的作風，我還以為他會叫羅札利直接跟馬修開打呢！

「莉絲妲，妳趁現在叫出通往伊古爾的門。要開在瓦礫堆後面，馬修看不到的位置才行。」

「好！」

羅札利和馬修之間有充分的距離。羅札利也不是普通人，如果將全副精神用在逃跑上，要回到我們這裡應該不成問題。馬修大概也知道這一點。他盯著轉身逃走的羅札利看，一動也不動。

但到了下一秒，馬修的身影忽然從我的視野消失！等他再度現身時，人已經站在要逃跑的羅札利背後，將劍高高舉起！

「羅札利！危險！」

我一叫，羅札利就拿自己的劍往後橫砍。就在剎那間，羅札利持劍的手隨著切開肉塊的聲響飛了出去！賽爾瑟烏斯見狀，發出「嗚嘿啊！」的愚蠢叫聲！

「啊～啊，砍偏了。本來是瞄準頭，結果飛出去的是手……不，等等。是嗎？這樣啊。當初虐殺前應該先砍斷手腳，而不是弄瞎眼睛才對。好，下次開始我就這麼做。」

「嗚……」

羅札利的手流下大量鮮血，臉孔皺成一團。我搖晃聖哉的肩膀。

「聖哉！這下糟了！」

「嗯，馬修竟能瞬間拉近跟羅札利的距離，速度快到連我的肉眼也差點跟不上。不但會解除法術，還有謎樣的超高速移動，真是棘手。」

「不！分析那種事幹嘛，現在救羅札利要緊啊！」

「莉絲妲，我們回去。」

「啥！」

「馬修的能力還是未知數，靠近他太危險了。」

聖哉若無其事地走向我叫出的門，伸手要開門。

「難、難道你要對羅札利見死不救嗎！」

「沒錯。」

「沒錯個頭啦！怎麼可以這麼做啊！」

「喂，等一下，莉絲妲，妳要去哪裡？」

看到羅札利斷了一隻手，身陷絕境，我完全把她是幻影一事拋在腦後，連聖哉的叫喚也不顧，拚命趕到羅札利身邊。

「妳還好吧，羅札利！」

「女神大人……！不可以……請妳快回去……！」

馬修看到我突然出現，似乎有所防備，不敢靠近。我趁這個空檔把手貼在羅札利的手臂上，試著用治癒魔法做緊急處理。

——血是止住了，但細胞沒有再生的跡象！

「……妳是治癒者嗎？沒用的。一旦被伊古札席翁砍傷，就無法恢復了。這是連死神塔納托斯都能殺死的聖劍技能——『祕神予傷（Crushing Wound）』。」

馬修拿著伊古札席翁走向我，劍上還沾著羅札利噴出的血。我正心驚膽戰時，有道紅色軌跡橫切過我面前。出現在我和馬修之間的，是化為狂戰士的聖哉。

「聖哉！」

「我完全搞不懂妳的想法。為什麼要為了幻影冒險呢？」

聖哉雖然嘴上嘮叨，還是拿著劍保護我和羅札利。

「哦，總算來了個看起來比較強的傢伙了。」

馬修和聖哉對峙。我躲在聖哉背後，試著向馬修搭話。

「吶、吶，你……真的是馬修嗎？」

「啊？妳那是什麼語氣？我又不認識妳。」

「我是女神莉絲妲黛！我跟你很熟！沒錯……你在年紀更小的時候，曾跟這位勇者一起冒險過！我們是夥伴啊！」

「妳說……他是勇者……」

馬修用銳利的眼神瞪了聖哉一眼，又馬上揚起嘴角。

「少胡說八道了，蠢女人。」

「你、你說誰蠢女人啊！」

「就是妳啊。先不管這傢伙是不是勇者，我跟你們今天才第一次見面，怎麼可能是你們的夥伴？」

「不對！在不同於這裡的世界裡，我們的確當過夥伴！」

聖哉一聽，用直白的口吻對馬修說：

「嚴格來說，你是幫我提行李的。」

「唔！提行李的才不是夥伴吧！」

馬修扯開嗓門大吼，將伊古札席翁往地上一扔。咦，奇怪？這舉動似乎有點像馬修……

我才剛這麼想，馬修的眼神又變得混濁。

「這些傢伙是怎麼回事？跟他們講話就會亂了套，我得趕快殺了他們。」

「……莉絲妲，離遠一點。」

就在聖哉和馬修要進入戰鬥時……

「等——一下啊啊啊啊啊啊啊啊啊啊啊啊啊啊啊啊啊啊啊！」

粗獷的吶喊迴盪在半毀的教堂裡。我往聲源的方向看去，不禁大吃一驚。

賽爾瑟烏斯不知何時已穿上圍裙，站在蓋著白布的桌子後面，雙手抱胸。

# 第二十八章　幽魂

在蓋著白布的桌子前，賽爾瑟烏斯面帶少女般的夢幻表情，注視馬修。

「戰鬥、紛爭……不覺得這些很愚蠢嗎？」

「啥？你要幹嘛？」

「捨棄劍吧，馬修，那很危險。前面尖尖的，碰了會痛喔。」

這不像從劍神口中說出的話，讓我錯愕不已。馬修也一樣，對賽爾瑟烏斯露出傻眼的表情。

「大叔，你這不是在說廢話嗎？難道你也要說你認識我之類的傻話嗎？」

「對學壞的你說什麼都沒用，這種時候就要靠這個。」

賽爾瑟烏斯把覆蓋的白布一把掀開。桌上擺著漂亮的巧克力大蛋糕。

——真、真是豪華！賽爾瑟烏斯很賣力呢！

「這是我費盡心力做出的巧克力蛋糕。甜點擁有讓心情平靜的效果……馬修，你之前應該遇過很多辛苦的事吧？」

賽爾瑟烏斯笑咪咪地將刀叉放在桌上。

「來！盡情享用吧！」

這、這一定是……賽爾瑟烏斯在用自己的方式拯救馬修吧！就賽爾瑟烏斯來說，這已經算是相當努力了！可是馬修會因為這種事改變想法嗎！

我的擔憂成真。馬修用看著穢物般的眼神看著賽爾瑟烏斯的蛋糕。

「那是大便塊嗎？」

「唔！才不是大便塊呢！是巧克力蛋糕啦！」

「別開玩笑了！我要打爛這鬼東西！」

「怎、怎麼這樣！騙人的吧！這是我為你努力做的耶！至少吃一口嘛！」

「閉嘴！」

馬修舉起伊古札席翁，賽爾瑟烏斯發出慘叫。不過有個人的動作比馬修更快。

「原子分裂斬（Atomic Split Slash）。」

巨大的聲響和衝擊波突然襲來！狂戰士狀態的聖哉將劍往下一劈，包括蛋糕、桌子甚至地板都瞬間粉碎！我和賽爾瑟烏斯被衝擊波震飛，同時大叫。

「──！不，怎麼是由你打爛啊！」

「因為很礙眼又妨礙戰鬥。」

馬修面對這樣的聖哉和我們，鼻翼抽動了一下。

「竟、竟敢耍我！這是什麼鬧劇啊！我要把你們全部剁碎，一個也不留！」

噫！怎麼事態越來越糟啊！

馬修拿著劍，身上冒出黑色靈氣，刻在身上的龍之紋章也開始發光。

「呵呵呵，就讓你們見識一下吧。這是裝備最強的聖劍伊古札席翁後得到的技能——『聖天速（Full-Haste）』。」

聖哉明明跟馬修保持充分的距離，但馬修只消「咚」的一聲用力跺地，就瞬間衝到聖哉眼前。

「聖哉！」

我急得大叫。幸好聖哉已經發動狂戰士狀態，用雙劍擋下伊古札席翁。交叉的劍鏗鏗作響，聖哉看似力氣不敵馬修，節節後退。萬一被伊古札席翁砍到，傷口將無法復原，但聖哉依舊面不改色。

「原來如此。那個神祕的高速移動也是受伊古札席翁的影響嗎？」

「這跟解除敵人法術的技能一樣，只有伊古札席翁的主人才能使用。一旦發動，腳力就會暴增數倍。」

「哦哦，原來是用來專門強化腳力啊。我會記住的。」

「記住？沒這個必要吧，反正你現在就會死在這裡！」

馬修拿著伊古札席翁，以肉眼跟不上的高速猛砍聖哉。聖哉以雙劍打掉馬修的蠻力亂砍，阻擋他怒濤般的攻勢。這景象在我看來非常不可思議。以前，馬修還沒展現自己的實力，冒險就結束了，但他現在對上連伊克斯佛利亞的魔王阿爾特麥歐斯都能幹掉的勇者，卻可以打到平分秋色。

羅札利咬牙切齒地開口：

「除了腳力外，伊古札席翁應該也讓神龍王的力量提升了好幾倍吧。」

「不但能解除透明化，還能提升能力值，那把劍真萬能啊！」

賽爾瑟烏斯呻吟。兩把劍激烈交鋒的金屬碰撞聲響徹四周，馬修的攻擊逼得聖哉緩緩退後。

——這、這就是用艾魯魯的生命換來的最強聖劍伊古札席翁！這就是能不靠天獄門就打倒塔納托斯和魔王的神器之力！

馬修以破竹之勢揮下閃耀出七色的伊古札席翁。聖哉雖然用雙劍擋下，其中一把卻轉眼便應聲碎裂！

「勇、勇者大人的劍斷了！」

「真的假的！那好歹也是冥界的上等武器啊！這下慘了！」

賽爾瑟烏斯和羅札利都慌了手腳……

「沒關係，還有備用的。」

我卻意外的冷靜。聖哉把壞掉的劍扔向馬修，同時發動地獄業火。跟馬修拉開安全的距離後，聖哉把另一把有損傷的劍也丟了，雙手伸到背後。等他的手伸回前面時，手上已經握著新的雙劍。

「雙刀流裂空斬（Double Wind Blade）。」

聖哉用行雲流水般的動作射出空氣刃，但馬修識破逼近而來的扭曲空氣，身子微微一扭閃開攻擊。雖然乍看之下很驚險，不過這或許是馬修游刃有餘的象徵，證據就是——他咧嘴一笑。

「看來你是勇者那句話的確是真的。我以前從沒看過能做出這種動作的人類。」

聖哉趁隙再次遠離馬修。看到聖哉用打了就跑的方式小心戰鬥，馬修用愉快的語氣說：

「呵呵呵，好久沒有這麼棒的獵物了。艾魯魯一定也很高興吧。」

「艾、艾魯魯？那是什麼意思！」

……馬修背後忽然伸出一雙白皙的手。那個身穿珊瑚紅洋裝的紅髮女子，不知何時已站在馬修的背後。

——不、不會吧……！

女子像要親吻馬修般湊近他的臉，對他耳語：

『殺啊，馬修。把人、神、勇者統統殺了。』

「啊，我知道。我會讓他們以最痛苦的方式死去。」

所以……那就是……艾魯魯嗎！

不知為何只有我和馬修看得到艾魯魯，但就算看得到，我一開始也認不出是她。她跟現在的馬修一樣有著成人的外表，可是雙眼有黑眼圈，臉頰凹陷，看起來像個幽魂。

不知不覺間，馬修看聖哉的眼神開始透出憎惡。

「在魔族和人類死光前，艾魯魯的痛苦都不會結束。」

「哦，我猜你是後悔把艾魯魯變成聖劍，才會遷怒到人類和魔族身上吧。真是愚蠢的男人。」

「你說什麼！」

「你要人類死光，對吧？那是不可能的，因為我會先殺了你。」

「那你就試試看啊，勇者。」

「當然，畢竟那是我的工作。」

聖哉擺出跟之前不同的架式。馬修為防禦聖哉的攻擊，把伊古札席翁斜著拿，充當盾牌。

「量產型鳳凰自動追擊（Automatic-Phoenix Infinity）。」

突然間，火焰的靈氣從聖哉身上擴散開來！靈氣隨即變成實體，化為成千上百隻火鳥。

火鳥在半毀的教堂上空盤旋，形成巨大的漩渦！

——好、好、好、好驚人的數量啊！

聖哉時常用鳳凰自動追擊來殺敵或偵查，不過這還是我第一次看到這麼多火鳥。

「好強的魔力喔，我好久沒這麼熱血沸騰了。」

馬修應該很喜歡戰鬥吧。他看著上空飛翔的無數鳳凰，開心地揚起嘴角。不過……那群多到數不清的火鳥卻在上空散開！然後同時離開我們，不知飛到哪裡去了！

「這、這是怎麼回事？」

馬修嚇了一跳，嘴巴張得大大的……呃，我也想問這是怎麼回事！竟然全飛去別的地方了！那些鳳凰到底出來幹嘛！

「我會殺你，但不是現在。」

「這是什麼意思？」

「你的能力我已經大致了解，今天就到此為止。等下次見面時，你一定會敗給我的。」

聖哉將手伸進懷裡，取出某個物體。他把那東西往地上一砸，猛烈的濃煙就隨著破裂聲陣陣冒出！

——煙、煙霧彈？

在濃煙中，有人一把拉住我的手。聖哉的聲音從身旁傳來。

「我們撤退。你們也變透明吧，伊古札席翁的效果已經沒了。」

這、這樣啊，現在可以透明化了……咦，聖哉明明能變透明，居然還帶煙霧彈！未免太小心了吧！

「可、可是聖哉先生，現在這種情況要怎麼集中精神啊！」

「你們什麼都不必做。」

「咦？」

「『全體同調透明化（Invision Round）。』」

突然間，賽爾瑟烏斯和羅札利的身影像溶進空氣般消失了！我也舉起我的手，卻什麼都沒看到！

「為什麼會自動透明化！」

「這是我的技能。我把你們三個全變透明了。」

是把別人變透明的技能！原、原來如此！難怪聖哉在冥界時不檢查我們的透明化！原來他可以隨時讓我們變透明！……喂，聖哉，你到底把夥伴當什麼了！

「莉絲妲，妳把之前開的門消除。我們要以透明的樣子，走到羅札利的移動魔法陣出現的地方。」

「好、好的！」

既然這麼決定了，得趕快做才行……咦，奇怪？說起來，馬修一直沒攻過來耶？

「你們這些混帳！竟敢耍我啊啊啊啊啊啊啊啊啊啊啊！」

馬修的怒吼突然隔著煙霧傳來，讓我的身體抖了一下。

「現、現在是什麼情況？」

「剛才叫出的火鳥趁著煙霧瀰漫飛回來，正在擾亂馬修。」

「原來是為了這個啊……！」

「快走吧，免得透明化又被解除。」

變透明的聖哉用力拉我的手。當我們在小跑步時，馬修在背後暴跳如雷，放聲怒吼：

「很好，混帳勇者！那些惡魔已經快滅亡了！只要再破壞討厭的伊古爾結界，龍人獨霸的世界就會來臨！聽好了！下次見面時，我要挖出女神的眼睛，塞進你嘴裡！」

「唔！喂，聖哉，馬修說了好可怕的話喔！」

「大概是自言自語吧，別在意。」

我想那絕非自言自語。不過我們越跑，馬修的聲音就變得越遠。一抵達最初在納加西村著陸的地點後，我就立刻開門。

等出聲確認賽爾瑟烏斯和羅札利都有跟上後，我們一行人就以透明的狀態返回冥界。

回到烏諾家的玄關後，聖哉解除我們的透明化。我和賽爾瑟烏斯一走到客廳，就累得倒下來。聖哉叫羅札利坐在沙發上，查看她被砍斷的手臂。我一時以為他是在關心羅札利的傷勢……

「嗯。雖然剛受傷不久，傷口卻像多年前造成的舊傷。雖然止了血，卻無法復原。祕神予傷這一招——可能是接近詛咒的技能吧。」

結果他只是冷靜地分析伊古札席翁的技能。羅札利依聖哉的指示接近馬修，然後失去手臂……面對這種即使生氣也不為過的待遇，羅札利卻頻頻表達歉意。

「抱歉！是我不夠成熟，沒辦法解決神龍王！」

「那件事就算了。妳能在這種狀態下發動惡魔之手嗎？」

「我試試看！」

羅札利解放惡魔之力。被砍掉的手臂缺口長出紅黑交錯的雜色手臂。但解除惡魔之力後，手臂又再次消失。

「嗯，看來並不影響戰鬥。」

「是的！」

「幸好妳還活著。」

「勇、勇者大人……！」

羅札利的雙頰染上紅暈。聖、聖哉真的這麼想嗎？感覺很可疑呢！

賽爾瑟烏斯原本一臉茫然地看著他們交談，直到這時才回過神說：

「對了，聖哉先生，既然你會那種透明化的技能，為什麼要對我們保密呢？」

「如果你們知道我能讓你們變透明，大概就不會用心修練吧。再說，你們也可能遇到必須在我不在時變透明的情況吧。」

「啊，原來如此。可是透明化意外的不好用耶，只要有伊古札席翁的技能就會穿幫。」

「『一般人和雜兵看不到，或是只要不注意就不會察覺』——光是這一點就有學會的價值。即使跟馬修戰鬥時派不上用場，我也覺得無所謂。」

聽到馬修的名字，賽爾瑟烏斯仰望天花板，像在回想剛才的戰鬥。

「馬修那傢伙……虧他以前還對聖哉先生左一句師父右一句師父的。剛才看到他那樣，實在讓人不敢相信。」

「當徒弟是在原本的世界，那傢伙只是歪曲的幻影。不必多想，殺就對了。」

聖哉從沙發上起身，瞥了我一眼。

「鳳凰自動追擊消耗了我大量的魔力，我要小睡一下。」

聖哉說的大量消耗都不能當真，很多時候其實都只消耗了一點點。不過，我精神上也有些疲憊，能休息還是好的。

當我走出客廳，要回到分配給我的房間時……

「……莉絲妲。」

聖哉突然從背後叫住我。走廊上只有我們兩個，沒有其他人。不過，這不是令人怦然心動的場面，因為聖哉的表情很難看。

「不要再為了幻影以身涉險了。」

「你果然沒在擔心羅札利呢。」

「就結果來說，我是真的慶幸羅札利活著，畢竟她還有利用價值。如果可以的話，我希望她是在跟馬修打最終決戰時才喪命。」

「勇、勇者怎麼可以說這種話啊……！」

聖哉用鼻子哼了一聲，準備走回自己的房間。這次換我叫住他。

「等一下！在剛才的戰鬥中，我看到跟馬修一樣長大成人的艾魯魯站在那裡！」

「我什麼都沒看到。那不是妳的妄想嗎？」

「可、可是馬修在戰鬥中也有跟艾魯魯交談吧？那一定是艾魯魯的精神體！或許是因為鑑定技能提升，所以我才看得到！而且艾魯魯要馬修『把人、神、勇者統統殺了』呢！」

「艾魯魯的精神體附在伊古札席翁上，像鬼魂一樣糾纏著馬修嗎……雖然很可疑，不過我會當成一種可能性記在心裡的。」

「為什麼連艾魯魯都變成了那樣子呢……」

「她因為伊古札席翁而成了活祭品。大概是難以想像的痛苦，把她的性格也扭曲了吧。反正不管怎樣，妳都不必在意。這世界上存在的一切都是幻影，這就是扭曲世界。」

「聖哉……」

「別對這世界的任何人夾帶私情，知道嗎？」

跟聖哉分開後，我獨自躺在房間的床鋪上，陷入沉思。

——一切都是幻影嗎？

不但踩爛拉戈斯的遺體，還開口咒罵的馬修，以及艾魯魯死氣沉沉的臉……一想到他們，我就忍不住顫抖。

先撇開羅札利不談……沒錯，馬修和艾魯魯才不是那種人。聖哉說得對，為了真正的馬修和艾魯魯，我們必須快點消除這些歪曲的幻影！

切割清楚後，我心情變得輕鬆了點，不知不覺睡著了。

……黑暗中突然響起呼喚我的聲音。

「莉絲絲。」

有個非常懷念的聲音向我開口：

「艾魯魯……？」

那不是像幽魂的艾魯魯，而是和我們一起冒險，嬌小又可愛的艾魯魯的稚嫩嗓音。緊接著……

「莉絲姐。吶，救救我啊，莉絲姐。」

另一個懷念的聲音響起。我熟知的馬修用泫然欲泣的聲音向我求救。

「我好痛苦啊，莉絲姐。救救我，拜託妳救救我啊。」

我環顧四周，觸目所及盡是一片黑暗，不見那兩人的蹤影。

「……哇！」

我驚醒過來，從床上猛然起身。窗外的天色還很暗，看來我應該睡不到一小時。

——真、真是的，為什麼會作這種夢？我明明都整理好心情了啊……

『……莉絲絲。』

突然有聲音傳來，讓我頓時心悸！年幼的艾魯魯蹲在我房間的角落哭泣！

「怎、怎麼可能！這是夢！不，是幻覺！」

『莉絲絲，聽我說，聖哉的確是對的，不過……』

艾魯魯抬起被淚水打溼的臉，對我開口：

『再這樣下去，是救不了世界的。』

# 第二十九章　馬修的弱點

我獨自在空蕩蕩的房裡發愣，茫然地喃喃開口：

「這……不是夢嗎？」

我走去客廳，想把看到艾魯魯的事告訴聖哉，不過只有烏諾坐在沙發上。

「吶，小烏諾，聖哉呢？」

「他還沒從二樓下來，大概還在睡吧？」

「真難得。」

聖哉說要小睡片刻，但都過了幾個小時，還是不見他出房門。我有點擔心，去敲他的房門，結果他也沒回應。我緩緩打開門，就聽到他規律的呼吸聲。當我心想「哎呀，真可愛」，打算靠近他時，從床底下跑出的火蜥蜴卻咬了我的手指，害我燙傷。不，他果然一點也不可愛！

我悶悶不樂地回到客廳，這次換成羅札利在那裡。她用繃帶包裹斷臂的根部，讓人看了很心疼，不過她本人似乎不太介意。之後，我一邊吃著烏諾端來的輕食，一邊跟羅札利聊天。

「竟然為了擾敵放出那麼多鳳凰自動追擊，也難怪他會累倒了。那看起來簡直就像候鳥群啊。」

「但也多虧如此，我們才能平安歸來。讓我們透明化也是。神龍王突然出現時，如果不夠熟練的話，可能就會被殺了。老實說，我本來還懷疑為了蒐集情報而修練是否有必要，但就結果來說，勇者大人的確料事如神。」

「那麼說也沒錯啦……」

羅札利露出陶醉的表情。

「勇者大人所做的每件事都是對的。」

我有點擔心，試著問了之前就很在意的問題。

「吶，羅札利，妳就趁這個時候說清楚吧……妳對聖哉到底是什麼感覺？」

「那、那個……」

「我要妳老實回答。」

羅札利沉默半晌後，面紅耳赤地大喊：

「我好喜歡他啊！」

「果、果然是這樣……！不過那應該是對戰士抱持的尊敬之情吧？」

「不！其實我想跟嬰兒一樣赤裸地躺在床上，看他要抱幾次都行！」

「唔！是認真喜歡啊！而且形容還很露骨！」

大概是因為把壓抑的心情全發洩出來了的關係，羅札利主動繼續說下去：

「我知道像我這樣的女人，他其實根本不放在眼裡。只要能和勇者大人一起修練和旅行，我就已經很滿足了。」

聽她的口氣，簡直像在說服自己一樣。這次她在聖哉眼中別說是女人了，甚至連人都不是。我很確定羅札利的戀情不會有好結局，所以決定先提出警告。

「反正不管怎樣，聖哉對戀愛是完全無感的。那個勇者腦中只想著要拯救世界。」

「這樣嗎……嗯，果然是這樣呢……唉——真可惜，呿。」

「羅札利？」

「不，沒什麼！身為勇者，會那麼想也是理所當然！我到底在說什麼蠢話啊！連我自己都覺得丟臉！」

羅札利單手拍打自己的臉頰，像要掩飾這份尷尬。

「對了，神龍王的話也很讓人在意！竟然說『惡魔快滅亡了』！看來龍人的攻勢會越來越猛烈！得想個辦法阻止才行！」

「是、是啊。明天就去問聖哉看看吧……」

我就這樣跟羅札利道別，回到房間去。

第二天早上。

我還在房裡睡覺時，突然有人不停敲門。
「喂，莉絲妲，妳要睡到什麼時候？快起床到客廳來。」
「啊，嗯，抱歉，我馬上下去……」
我揉著眼睛走向客廳。走到走著，頭腦漸漸清醒過來。他、他怎麼那樣講話啊！他才是說要小睡卻真的睡著了吧！實在有夠自私的！
來到客廳時，羅札利和賽爾瑟烏斯已經坐在沙發上了。但賽爾瑟烏斯沒拿行李，看起來很悠哉。聖哉要我也坐在沙發上。
「奇怪？不是要回蓋亞布蘭德嗎？」
「還沒有。我要在冥界待上一陣子。」
「可是聖哉，馬修不是說惡魔快滅亡了？你不會在意嗎？」
「那種事不用他說我也知道。如果帕拉杜拉的目的在於破壞伊古爾的結界，龍人應該會先在四周布陣，以便隨時攻打。我把凱歐絲・馬其納和伊雷札他們趕出去後，他們大概就被那些龍人幹掉了。」
這麼說，他是明知會這樣，才故意把惡魔趕出鎮上的嗎！感、感覺好殘忍喔！
「怎麼了，莉絲妲？難道妳連虛幻的惡魔的命也在意嗎？」
「不，那倒不至於。我只是擔心伊古爾鎮要不要緊……」
聖哉抓抓頭，長嘆了一口氣。反正鎮上的人也是幻影吧！我都知道啦！

「伊古爾鎮被龍人盯上這麼多年，因為結界而一直都平安無事，事到如今也用不著擔心吧。」

聖哉瞄了一眼羅札利，羅札利就像為他背書般點點頭。

「對了，羅札利，妳知道在伊古爾鎮周圍指揮部隊的龍人幹部會是誰嗎？」

「嗯，我想應該是由神龍王的左右手——龍王母來統率吧。」

「龍、龍王母！」

在原來的蓋亞布蘭德，龍王母是想把艾魯魯變成聖劍，後來被聖哉打倒的龍族女王。沒想到龍王母在這個世界不但活著，而且還侍奉馬修！

「馬修故意說出『惡魔快滅亡了』給我們聽，或許是一種戰術，目的是要聯合待命的龍王母的軍力，對我們進行前後夾擊。」

聖哉一邊揣測敵人的作戰，一邊用銳利的眼神看我。

「莉絲妲，妳知道馬修最可怕的能力是什麼嗎？」

「那、那當然是伊古札席翁吧。」

「錯了，是移動魔法才對。」

「咦……」

「就像他突然出現在納加西村一樣，只要他有這個意思，就能隨意傳送到蓋亞布蘭德的每個角落。在跟伊古爾鎮的龍人戰鬥時，萬一馬修現身，形勢會變得很不利。反過來說，要是跟馬修戰鬥時有龍人幹部跑來，也一樣很麻煩。在扭曲蓋亞布蘭德裡，唯一相對安全的地方，就是被結界守護的伊古爾鎮。」

原來如此。經聖哉這麼一分析，移動魔法的確相當棘手……咦，等一下！

「我們也可以用羅札利的移動魔法，去襲擊人在巴哈姆特羅司的馬修吧！」

「神龍王的城堡的位置，我已經掌握了！雖然不能直達城內，在近郊展開移動魔法陣應該可行！」

「不行。敵人對這一點當然也有所防備。哪怕是任何一點危險，都得盡量避免。而且最終決戰的場地要選哪裡，我心中已經有底了。」

「咦！是這樣嗎！」

「總之現在先繼續收集情報再說。」

最終決戰的地點會在哪裡？我正感到疑惑時，聖哉把馬修的頭巾拿給我。

「妳試著從這條頭巾上讀取更多馬修的情報吧。說得直接一點，我想知道的是『他的弱點』。」

「唔……會這麼剛好被我看到嗎？」

我之前的確成功讀取了頭巾上的殘留意念，還進一步看到「過去被龍人侵襲的納加西村」。可是，我真的有辦法照聖哉的要求，只讀取他想知道的情報嗎？而且最根本的問題是，馬修會有弱點嗎……

「總之先魔神化吧。別擔心，如果妳又慾火中燒，我就把妳燒到恢復理智。」

「唔！這樣會害我擔心被燒耶！……不，等一下，你的手怎麼燒起來了！我在冥界沒問題啦！」

我叫聖哉熄掉地獄業火的火種，然後變身成魔神，將頭巾拿在手中。當我坐在沙發上集中精神時，聖哉把手放上我的肩膀。

「我想做個嘗試。妳去站在那邊的牆壁前。」

我被迫以小惡魔的模樣，站在客廳的大白牆前。

「這、這是要幹嘛？」

「我待會要把妳腦中看到的影像，投影在這堵牆上。」

「咦咦咦咦咦！這要怎麼做啊！」

「就跟以前我把土蛇看到的影像傳送到有水的水桶，讓影像浮現在水面上一樣，應該能成功。」

沒錯，以前拯救伊克斯佛利亞時，聖哉曾運用這個技術，在機皇歐克賽利歐戰和怨皇瑟蕾莫妮可戰裡當監視器。

「妳只要像平常一樣，專心讀取殘留意念就好。」

「我、我知道了。」

我閉上眼睛，靜靜地集中精神。不久後，像是馬修的影像從腦海依稀浮現。就在那一瞬間，聖哉的聲音響起。

「……情報汎共享擊(Info Shared)。」

鏘！

——哇啊！

頭上挨了重重一擊，痛到不行！我不禁睜開眼睛，口中同時發出「嗶喀」的怪聲音！沒想到之前閉著眼睛在腦中看到的影像，竟投射在眼前的牆上……咦，不對不對！給我等一下！

我暫停讀取殘留意念，對聖哉大叫：

「當我是放映機啊！」

「有什麼好氣的？這樣大家就能共享同樣的情報了。而且讓每個人都看到的話，也能避免妳受主觀影響而傳達錯誤情報，好處多多。」

「而且你超用力地打了我的頭吧！」

「因為得用適當的力道打妳的頭才能發動……好了，繼續放吧。」

鏘！

好痛啊啊啊啊啊啊啊！嗚嗚，因為中斷了，結果又被打一次！可惡，早知道就不停下了！

雖然心情很糟，影像仍照樣從我眼中投射到牆上。

……映在牆上的，是頭上綁著頭巾的馬修。他的外表跟我們之前實際看到的馬修不同，比較接近我們熟悉的少年馬修。身高似乎稍微變高了，年紀應該比跟我們去冒險時大了一點。

「哈啊、哈啊！」

在被黑暗包圍的空間中，馬修傷痕累累，肩膀隨著呼吸起起伏伏。在他身旁的是同樣負傷的巨龍。

「馬修，再撐一下。」

那隻會說人話，全身長滿土黃色鱗片的龍，喚醒了我的記憶。

——那、那是神龍化的龍王母。

不但如此，當我看向站在他們前方的人時，心臟立刻劇烈跳動。

「沒想到……我會被不是勇者的龍族小夥子逼到這種地步……！」

那個語帶憎惡的巨大魔物——就是蓋亞布蘭德的魔王傑諾斯羅德。他已經從人型變成第二型態的六臂怪物，而且也跟馬修他們一樣遍體鱗傷。

「就讓你見識一下我的最強絕招吧。」

魔王手中出現黑色光源，發出詭異的光芒！空氣開始震動，強大的魔力逐漸匯集！

「暗黑回歸點。」

眼看發出雷光的漆黑波動即將爆炸，馬修搶先一步高舉伊古札席翁。

「艾魯魯！給我力量吧！」

七彩的聖劍發出刺眼強光！魔王的漆黑波動彷彿被光淨化，消失無蹤！

——好、好驚人的劍！

威力足以毀滅世界的最強絕招遭到封殺，讓魔王露出不敢置信的表情。馬修將舉起的伊古札席翁往後一拉，再瞬間縮短跟魔王的距離。只見劍光隨怒吼一閃，從天靈蓋劈到胯下，將魔王從中一分為二。這個即使被天獄門吞噬，仍以骸骨之姿爬出門外，生命力強得誇張的魔王傑諾斯羅德……在挨了伊古札席翁無法再生的一劍後腐朽殆盡，化為塵埃！

等魔王的魔力崩潰，黑暗空間消失後，龍王母從龍變回龍人，發出高亢的笑聲。

「這是多麼光榮的一天啊！龍人竟然打敗了魔族的王！」

龍王母喜形於色。但另一方面，馬修卻看著空無一物的空間。我集中精神去看馬修的視線前方，有個模糊的人影浮現出來。

一個可愛的紅髮女孩蜷縮成一團。她的模樣比較接近我熟知的艾魯魯，但表情痛苦且扭曲。

『好痛苦，好痛苦喔，馬修。』

「妳說……什麼？」

馬修滿臉慍色地逼問龍王母。

「不是只要打倒魔王，就能消除艾魯魯的痛苦嗎！」

「蓋亞布蘭德不只有魔王產出的魔物，還有許多原本就存在的魔物。恐怕也得把那些魔物根絕才行。」

「可惡！等等我，艾魯魯！我會把魔族全殺了！」

『不……不對……馬修……』

艾魯魯吃力地說到一半，一雙大眼睛忽然瞪得老大。

『不只是魔族！龍族以外的生物都沒有存在的價值！殺掉他們！殺掉所有生物！』

艾魯魯邊說邊倒在地上，身體迅速被血染紅。在不知不覺間，艾魯魯的手腳開始往不自然的方向彎折，但她仍舊匍匐前進，抓住馬修的腳，用充血的雙眼看他。

『啊啊，好痛好痛好痛好痛好痛好痛！好痛好痛好痛好痛好痛好痛啊！掉下龍穴奈落時受到的衝擊一直留著啊！』

「艾魯魯……！」

『馬修！人類也要！人類也得殺！』

馬修彷彿頭暈，他以手遮臉，腳步踉蹌。龍王母扶住馬修的肩膀。艾魯魯不知何時又忽然消失了。

「別太勉強。除了在魔王戰受的傷外，伊古札席翁的副作用也要來了。這次應該沒辦法像以前一樣，只休息一天就能恢復吧。」

「艾魯……魯……」

馬修說完昏了過去，從我眼中投射到牆上的影像也同時消失。

……在烏諾家的客廳裡，賽爾瑟烏斯帶著嚴肅的表情，喃喃自語般開口：

「馬修真的打倒了魔王呢。伊古札席翁的力量有這麼強大嗎？」

「不光是聖劍的力量。據我的推測，在被梅爾賽斯的力量扭曲的世界裡，身為扭曲源頭的人應該都有受到邪神的加護，就像伊克斯佛利亞的魔王阿爾特麥歐斯得到神的力量一樣。」

「這樣啊！伊古札席翁加上邪神的加護！馬修是具備這兩個因素，才能打贏魔王的！」

「還有另一個原因。雖然之前沒對妳提過……不過馬修本來就很強。」

「是這樣嗎！」

「將我們剛遇到他時的能力值，和他跟我們一起行動後提升的能力值相比，成長的幅度相當大。根據我的預測，他一旦等級封頂，能力值很可能會超越我。」

那、那如果當初不是叫他提行李，而是當成夥伴來用的話，不是很好嗎……！不過聖哉就是堅持不肯讓夥伴受傷啊……！

羅札利聽到聖哉的話也點頭。

「聽說龍王母也能使用神聖的力量。而且在討伐了魔王後，她跟神龍王一起創立聖天使教，率領眾多信徒毀滅人類的城鎮。」

「嗯。」

聖哉針對剛才看到的馬修和龍王母發表看法，但有件事讓我更在意。

「……艾魯魯看起來很痛苦呢。」

我一說，其他三人就用疑惑的眼神看我。

「妳在說什麼？」

「咦？奇怪，你們沒看到艾魯魯嗎？她的身體被折彎了，看起來很痛——」

「神龍王的自言自語裡的確有出現『艾魯魯』，可是……」

「馬修他看起來像在作惡夢。」

不、不會吧！即使投射出來也只有我看得到嗎！

我發現聖哉對我投以冰冷的視線。

「這麼看來，昨天妳的話只是妄想的可能性又更高了。」

「才、才不是那樣呢！」

「先不論真偽與否，剛才的影像倒是提供了非常有用的情報……莉絲姐，妳可以把馬修的現狀也播放出來嗎？」

「如果是這個，應該會比剛才簡單……」

我站到白牆前，準備從頭巾讀取馬修的意念時，突然「鏘」的一聲，頭頂又挨了聖哉一拳……喂，我不是說這樣很痛嗎！難道不能想辦法解決嗎！

……身材魁梧的龍人手拿武器，守著某個房間的門口。馬修在房裡獨自拄著入鞘的劍，勉強不讓自己倒下。他呼吸很急促，氣喘吁吁。我現在看到的馬修，是龍之紋章如刺青般刻在身上的成年版。我們在扭曲蓋亞布蘭德見到的馬修，應該就是現在的他。

馬修吃力地起身，走路搖搖晃晃，步履蹣跚。過了一會兒後，他隨著巨響倒在地上。身穿洋裝的紅髮女子出現在他背後。

亡靈也會配合年齡改變外表嗎？像幽魂的艾魯魯伸出血淋淋的纖細雙臂，摟住馬修的肩膀。

『好痛喔好痛喔好痛喔。馬修，我感覺身體要裂開了。趕快把勇者和剩下的人類都殺掉。』

「我知道，不過妳再多等一天吧，我現在沒辦法自由活動。」

雖然艾魯魯的模樣很陰森，馬修依舊親吻她凹陷的臉頰。

「只要是為了妳，我什麼都願意做。不管是惡魔、人類……就算是神我也照殺不誤。」

# 第三十章　女神的品格

「……已經夠了。停下來，莉絲妲。」

聽到聖哉這麼說，我將能力停止。我茫然地呆站在白牆前，感覺胸口一陣苦悶。

——馬修是為了消除艾魯魯的痛苦，才會殘殺人類和魔族嗎？這實在太過分了……

「很好，確認完畢。馬修使用伊古札席翁後，至少會有一整天動彈不得。」

「沒想到神龍王竟然有那種弱點！不是勇者卻使用聖劍伊古札席翁，所以受到反撲了嗎！」

「只要利用這個空檔，應該就能贏了！」

聖哉像平常一樣冷靜地分析。得知馬修的弱點後，羅札利和賽爾瑟烏斯都開心地鼓譟起來。他們會這樣也無可厚非，畢竟能看到艾魯魯的人只有我。羅札利喜孜孜地握住我的手。

「女神大人！妳真厲害！要是沒有妳的能力，我們就得不到這個情報了！」

「是、是嗎？啊哈哈哈……」

被這麼稱讚感覺倒不賴。賽爾瑟烏斯和聖哉也難得表示佩服。

「妳終於稍微派上用場了，水晶球女。」

「挺厲害的嘛，水晶球！」

「嘿嘿……等一下，不要那麼叫我啦！」

「那麼勇者大人，接下來要進攻巴哈姆特羅司嗎？」

「我有說過那樣很危險吧。他也很了解自己的弱點，可能會在四周配置強大的警衛……或是用結界、魔法來防禦。」

「是、是的！您說得是！」

「目前最實際的做法，就是利用這段空檔削弱敵人的戰力，也就是殲滅他的左右手龍王母。我起初還懷疑這是陷阱，不過馬修現在的確無法行動。這樣我們就不必擔心他們用移動魔法發動夾擊，可以放心打龍王母了。」

「原來如此！」

因為知道馬修現在變弱，更是刻意不去直搗敵人的大本營，這保守的做法很有聖哉的風格。不過，這時聖哉似乎想起了某件事，用手指抵住下頷開始思考。

「不，等一下，還是先去巴哈姆特羅司偵查一下好了。」

「咦咦！要去馬修所在的大陸嗎！」

「你們變透明吧。還有羅札利，移動魔法陣出現的位置要儘量遠離馬修的城。」

發動透明化後，我站在羅札利畫的魔法陣上。當羅札利詠唱咒語，我不免緊張起來。

「總、總覺得這發展好突然喔。會不會就這樣跟馬修展開最終決戰啊？」

「嗚嗚……我心裡沒什麼準備呢……啊啊，肚子痛起來了……真不想去啊。」

「好，我們要移動到巴哈姆特羅司了！」

羅札利的聲音響起，魔法陣發出光芒。等刺眼的光芒消失後，我們來到了茂密的森林。

——這裡就是巴哈姆特羅司嗎……？

這裡是馬修的根據地。在原本的世界裡，是我們稱為「龍之鄉」的地方。即使龍人並非魔族，我還是感覺到四周充滿令人厭惡的邪氣。我擔心附近會跑出全副武裝的龍人，忍不住倒吞口水。

「接、接下來要去察看馬修的城吧？」

但我還沒走出魔法陣，聖哉就先開口：

「莉絲妲，叫出門來，我們要回冥界。」

「咦？有什麼東西忘了帶嗎？」

「快點。」

「好、好啦。」

在聖哉的催促下，我打開通往冥界的門。在短短數秒內，我們就從巴哈姆特羅司回到烏諾家的客廳。

「好了，偵查完畢。」

聖哉解除透明化，露出滿足的表情。我對他大喊：

「什麼，已經結束了？未免太快了吧！害我白緊張了！」

「真、真的這樣就可以了嗎，勇者大人？」

「嗯，妳做得很好，羅札利。」

「啊……謝謝！」

羅札利看起來很高興……不過等一下，剛才那到底是怎麼回事？只有幾秒的偵查有意義嗎！

我完全一頭霧水，聖哉卻顯得如釋重負，一屁股坐在沙發上。

「冥界的時間流速跟地上不同，所以還有餘裕。莉絲姐，我想再看一次剛才的影像。」

「剛才的……你是指馬修的現況嗎？」

「不，是他跟魔王戰鬥的過程。我想透過以前的影像，來確認馬修將魔王逼到絕境時的招式和能力。此外，我也要好好看清楚龍王母的能耐。」

「的確，那一段影像已經是最後的高潮了。既然要看，還是從開頭看起比較好……莉絲姐，從那一段倒帶回去吧。」

「我又不是DVD！」

即使這樣，我還是被迫站在牆壁前。大概是因為試了很多次的關係，現在我也和聖哉一樣，能靠彈指變換屬性。憑著熟悉的感覺變成魔神後，我集中精神，試著讀取想看的影像。

這時，聖哉突然打了我。

鏘！

嗚噢！唔————我還是完全無法習慣這個動作啊！

……用疼痛換來的影像在眼前出現。一個面容慈祥的老婆婆在家裡努力編織東西。

「呼，這條頭巾編得不錯呢。」

老婆婆緊握著綠色的頭巾，看起來很開心。

「喂，停下來，莉絲妲。」

聽到聖哉的聲音，我就停止影像，回頭查看。聖哉擺出一張臭臉。

「是誰說要看馬修的頭巾的製作過程的？」

「咦？奇怪了。」

「要更專心，知道嗎？」

鏘！

唔嗚！我、我的頭啊……！

……接下來出現的影像，從外觀看似乎是納加西村。站在田埂上的馬修，比我們熟知的他要小上幾歲。幾個年齡相仿的人類小孩圍在他身邊。

「馬修，你的頭巾好帥喔！」

「看起來很棒呢！」

「嘿嘿！很不錯吧！這是婆婆幫我做的喔！」

我主動停止播放。賽爾瑟烏斯在我身旁大叫：

「不是都說了，頭巾本身根本不重要啊！」

「我、我當然知道！可是就只有這些影像啊！」

這時我發現聖哉瞪著我。

「我要生氣了。給我認真做。」

「我有在做啊！可是我已經不行了！頭太痛了！」

「喂喂，這是怎麼搞的？剛才能看到過去的魔王戰，原來只是運氣好嗎……」

聖哉和賽爾瑟烏斯都用冰冷的眼神看我。聖哉小聲地說：

「虧我剛才還說妳有用，現在我要收回那句話。妳只是『秀逗水晶球』。」

「唔！打我那麼多下就算了，竟然還用這種口氣說話！」

「我要暫停收集情報，先執行下個計畫。」

「拜託你務必那麼做！再這樣下去，我的頭會破掉的！」

「那、那麼勇者大人，接下來您打算怎麼做？」

「我要在冥界擬定對付龍王母的策略，趁馬修無法動彈時完成修練。」

「又、又要修練了？幾乎是接著透明化之後馬上又修練耶！蓋亞布蘭德的攻略幾乎沒什麼進展啊！」

「哼，這是最後一次針對扭曲蓋亞布蘭德的冥界修練了。之後我會在當地以確實且完美的方式進行攻略。」

「咦……！」

那代表從龍王母戰到馬修戰之間，都不再回冥界了嗎？之前不是都維持「攻略完一個階段後又回來修練」的模式嗎！聖哉的想法真令人猜不透！雖然之前就很難懂了，不過這次更讓人摸不著頭緒！

我感到一頭霧水。這時聖哉走出客廳，開始大步前進。

「等一下，聖哉！你是要修鍊什麼啊？」

「在邪神的加護下，馬修和龍王母得到了神之力。為了對抗他們兩個，我要去取得相反的能力。」

「你、你是指……闇之力嗎！」

「沒錯。我早就料到可能會這樣，已經先找好目標了。」

喔喔……之前他拿想學的技能清單給我看時，上面的確有寫「偷偷下詛咒的技能」。原來那是指闇屬性的修練啊。不過話說回來……

「竟然是闇之力……總覺得你越來越偏離一般的勇者了。」

「只要能安全打贏，什麼屬性都無所謂吧。」

「可是聖哉先生，人類能得到那樣的力量嗎？」

「這裡是冥界，神界的常識並不適用。而且就算我得不到，只要你們其中有人學會闇屬性的技能就好。你和莉絲妲能魔神化，羅札利也擁有惡魔之力，或許由你們來學還比較容易。」

「咦，感覺好討厭喔。這樣沒問題嗎？」

賽爾瑟烏斯不安地喃喃自語。雖然我也不太放心，還是只能跟在聖哉身後。我們走著走著，最後抵達冥界的中心地帶。冥王居住的六道宮映入眼簾。

「咦？這裡不是……」

在六道宮的入口處，有個全身像尖銳水晶的冥界人拿著長槍在站崗。他察覺聖哉來了，用機械般毫無抑揚頓挫的聲音說：

「如果要見冥王陛下，必須事先提出申請才行。」

「我不是要找冥王，而是有事要去地下。」

「是無限迴廊嗎？要去那裡也得有許可。」

「我只是想找那裡的守衛納特斯斯談一談，對無限迴廊本身並沒有興趣。」

聖哉滔滔不絕地講出我所不知的情報。無、無限迴廊？守衛？總覺得很可疑呢……！

門口的冥界人沉思片刻後，拿槍柄朝地上一敲。

「……好吧，進來。」

從守衛所在的入口進去後，聖哉前進的方向跟之前去過的冥王之間不同。他看似熟門熟路地穿過陌生的走廊，走下位於盡頭的樓梯。通過漫長的階梯後，來到一個陰暗潮溼，只點著蠟燭的地方。

除了我們站著的地方有微弱的照明外，前方盡是一片昏暗，視線非常差。我試著用女神的視力定睛細看，前方似乎連著一條漫長的走廊。這、這裡就是無限迴廊嗎？

我看著看著，黑暗中突然出現光點。在漆黑的幽暗中，有個小小的身影提著油燈出現了。對方靠近，兜帽底下的臉映入眼簾。

「噫！」賽爾瑟烏斯發出細細的尖叫。如果沒有賽爾瑟烏斯在，可能就是我先叫了，因為兜帽底下的臉是骷髏。

「你是……不，你們是勇者和女神嗎？」

對方看了看我和聖哉，開口問道。聽到他說話的聲音，我稍微鬆了口氣。那嗓音很稚嫩，跟外表的形象差很多。聖哉向這個貌似兒童版死神的冥界人搭話。

「你是無限迴廊的守衛納特斯斯嗎？」

「沒錯。你是來這裡找東西的嗎？」

納特斯斯舉起油燈，照向黑暗。在不見盡頭的漫長通道上，傳來類似呻吟的聲音。

「請、請問，無限迴廊是什麼？是類似冥界的監獄嗎？」

「唔——算是出口吧。入口之後的出口。」

「咦？」

「我的朋友也被吸進去了。不過現在世界搖擺不定，連現實也模稜兩可。算了，只要想見他還是見得到的，只要在不是這裡的某個地方就行。」

我瞄了賽爾瑟烏斯一眼，他舉雙手投降。冥界人偶爾會像這樣說出莫名其妙的話。聖哉也不打算認真去理解，直接急切地問：

「先別管那個。你使用的闇屬性技能，對天使和神有效嗎？」

「闇是光的相對屬性。就算對方用神聖的靈氣保護身體，應該也能造成傷害吧。」

「也就是說，那是參考了連鎖魂破壞的技能吧。如果使用闇之力，會對人體造成影響嗎？」

「人類對闇的耐受性低於其他種族，所以很危險，甚至可能縮短壽命。不過只要我分出靈氣就沒問題。闇之靈氣會讓你免於受到不好的影響。」

像連鎖魂破壞等闇屬性的武器和技能，基本上人類是無法使用的，因為可能會受到詛咒，或是對人體造成影響。不過，只要得到納特斯斯的靈氣，應該就能安全使用了。唔——竟然連相反屬性的魔法也能用，冥界果然開掛開很大呢！

「不過，要我把靈氣分給你的話……」

「我當然會付出對等的代價。」

嗚！代價是指ＨＰ（羞恥點數）吧！

我膽戰心驚，怕自己又得做奇怪的事。納特斯斯開始在同一個地方走來走去，似乎很煩惱的樣子。就算能收到再多ＨＰ，冥界人一生中能授予靈氣的對象只有幾個，會猶豫也是理所當然。

「算了，沒關係，反正俗話說『昨日的敵人是今日的朋友』嘛。」

「咦？我們本來就不是敵人吧？」

「說得也是，反正冥王陛下也吩咐過了，好吧。」

「那麼，我也會支付代價的。我聽斯拉烏利說ＨＰ也有個人喜好，你先說你喜歡什麼樣的ＨＰ吧。」

「說得也是，那就請那邊的女神大人……」

「又、又是我嗎！」

「好耶！」賽爾瑟烏斯比出勝利動作。嗚！為什麼接二連三都是我啊！

「那就請妳使出渾身解數，做出最下流、最羞恥的舉動給我看吧。」

「難、難道又要我做色色的事嗎！」

納特斯斯突然提出這個亂來的要求，讓我害怕地往後退。他接著拿出一條又粗又長的紫色物體給我！難、難道要用這個嗎……！不會吧……！

「這是冥界芋頭喔，快吃吧。」

什、什麼嘛，嚇了我一跳……！我還以為這是要用在奇怪的地方呢……既、既然是吃的，應該沒有問題吧？不，等一下！這種來路不明的東西，我還是不想吃！對了，先鑑定完再說！

「莉絲妲，給我吃。」

但聖哉不由分說，把冥界芋頭硬塞進我嘴裡！

「噗喔！」

這、這傢伙……！明明他吃的時候都會徹底試毒啊！

既然都塞進嘴裡了，我也只好咀嚼。沒想到嚼著嚼著，竟然有一股難以形容的濃郁甘甜在口中擴散。咦咦！這個亂好吃一把呢！

我一下子就將冥界芋頭吃光了。啊——真好吃！我甚至還想再吃一個呢！

然而，就在這一瞬間……

「嗝！」

我口中跑出空氣。

「……啥？」

我嚇了一跳。打嗝通常是先想到「啊，別打別打」，然後才打嗝的。可是剛才打嗝時，感覺卻像不由分說地從胃部發動猛烈的突襲一樣。而且在那之後……

「嗝！嗝！嗝————！」

我像酒館裡醉到說話跳針的大叔般不停打嗝。

這、這是怎麼回事啊啊啊啊啊啊！我這個女神竟然這麼沒形象地狂打嗝！

「冥界芋頭含有很多氣體，吃完後會猛烈地排放到體外。」

我尷尬到整張臉頓時發燙。後來，打嗝停了，但真正的悲劇現在才要上演。

「……噗。」

令人難以置信的是，我的屁股竟然漏出氣體。放屁通常是先想到「啊，別放別放」，然後才放屁的。可是剛才放屁時，感覺卻像不由分說地（以下省略）。

真、真、真、真不敢相信！我可是女神耶！沒想到竟然會，竟然會……

「噗、噗噗——噗嘶——噗嘶噗嘶，噗嘶——啵砰！」

最後我噴出一股特別強的氣流，當場倒在地上。

「嗚哇……太超過了吧……」

賽爾瑟烏斯皺起眉頭，羅札利別開臉，聖哉則捏住鼻子。

「好想死啊……！」

我從來沒這麼恨過連這樣都死不了的我。「身為女神卻吃芋頭放屁」——簡直是活生生的地獄。

我陷入比海更深的沮喪，聖哉卻把我丟在一旁，自顧自地問納特斯斯。

「ＨＰ的情況怎樣？」

「嗯，一口氣就積滿了。」

「那就拜託你把闇之靈氣分給我們吧。先從羅札利開始。」

「感激不盡！」

納特斯斯用只有白骨的手虛掩羅札利的頭。黑色的靈氣包圍羅札利，不久後就像被身體吸收般消失了。

「咦？這孩子原本就有闇之加護呢。」

「因為我以前跟惡魔訂過契約。」

「怎樣，羅札利？吸收了納特斯斯的靈氣後，身體有沒有什麼地方怪怪的？」

「這、這個嘛，我沒感覺到什麼特別的改變。」

「是嗎？那接下來也分給我吧。」

我之前都默默地低頭旁觀，但這時我終於按捺不住，大叫起來。

「所以你才叫羅札利先去試嗎！爛死了！」

「閉嘴，放屁蟲。」

「唔！啊嗚！」

我又陷入深深的沮喪中。不要再講放屁那件事了啦啊啊啊啊啊啊啊啊啊！

聖哉得到闇之靈氣後，拔出劍盯著劍看。過了不久後，劍身蒙上一層黑色的霧靄，大概是變成了擁有闇之力的劍吧。這樣一來，即使龍王母和馬修得到神之力，攻擊應該也能造成傷害。即使如此，聖哉仍繼續逼近納特斯斯。

「難得有這個機會，能不能教我更多闇屬性的技能？」

就在我滿腦子想死時，聖哉正式展開闇屬性的修練。

# 第三十一章　進入黑暗

修練第一天。

在六道宮地下的昏暗空間中，聖哉和納特斯斯面對面交談著。睡眠不足的我揉著眼睛，觀察他們的互動。昨晚我幾乎沒睡，在床上翻來覆去。賽爾瑟烏斯盯著我的臉看。

「別那麼沮喪嘛，莉絲妲。屁誰都會放啊，像我一天也會放個五十次啊。」

賽爾瑟烏斯或許是在以他的方式表達關心，但我只想早一點忘掉這件事……不對，等一下！一天五十次不嫌太多嗎？這個男神到底放了多少屁啊！

「不過，幸好聖哉先生能自己學會闇屬性的技能，畢竟這對我們來說負擔太重了。」

「的確是呢。」

在距離我們不遠的石頭地板上，長著許多不斷蠢動的詭異黑手。無限迴廊的守衛納特斯斯張開骷髏的嘴巴。

「這是黑暗縛手（Dark-Hand）。」

「嗯，這能拿來封住敵人的動作。」

「如果對方是神或天使，就算只是碰到也會受傷。」

看到這些蠢動的手，我想起伊克斯佛利亞的怨皇瑟蕾莫妮可。那個魔物也會使用類似的招式。唔——這實在不像一個勇者該有的技能。

我對此感到存疑，羅札利卻雙眼發亮。

「太棒了！只要學會這一招，就能瓦解神龍王和龍王母的防禦了！」

……結果只有羅札利和聖哉得到了納特斯斯的靈氣。因為我和賽爾瑟烏斯只是聖哉無法學闇屬性技能時的備案，所以聖哉說：「我已經完完全全不需要你們了。」等一下，難道沒有更好的說法嗎！

納特斯斯詠唱咒語，解除闇之手後，在白骨製的陰森椅子上坐下。

「還有更恐怖的技能喔，想知道嗎？」

「當然想知道。不過照例問一下，使用那個技能有沒有什麼害處？」

「我有說過吧，我的闇之靈氣會保護你的。」

我突然感到不安，插入聖哉和納特斯斯的對話。

「我、我說聖哉，就算再安全，也不要太常用闇屬性的技能喔。你畢竟是勇者——」

我邊說邊走近聖哉，卻突然有隻黑手從我們之間冒出來！

「嗚哇！喂，納特斯斯，不要嚇我啦！」

「不是我弄的喔。」

「咦？」

難道是聖哉嗎？我看向他，發現他豎起了右手的食指。每當他勾勾手指，我腳下的手就像連動般跟著動。納特斯斯用只有白骨的手鼓掌，發出清脆的聲音。

「好厲害喔！你光看就會了嗎？」

「這還稱不上學會。我得再努力，讓黑手能像草木般長出幾千幾百隻。」

「你、你弄出幾千隻黑手是想幹嘛啊……！」

「有人從剛才就很吵呢。」

聖哉用冷淡的眼神看向我和賽爾瑟烏斯。

「只要我和羅札利留下來修練就好，你們回烏諾家吧。」

「好——！那我回去了！」

「唔！等一下，賽爾瑟烏斯！怎麼好像不關你的事一樣！」

「聖哉先生都那麼說了，還是照做比較好吧？」

「你只是想做甜點吧！」

我們正吵得不可開交時，身旁的地板又長出兩隻黑手！

「「哇啊！」」

「再不回去的話，我就拿你們做實驗，看看神碰到這些手會受多重的傷。」

「快、快走吧，莉絲姐！不要妨礙他們啦！」

賽爾瑟烏斯逃也似的爬上樓梯，而長出的手也對我「去、去」地甩手，像在說「妳也快回去」。真、真令人火大啊啊啊啊啊啊啊啊！

「到時你要好好報告進度喔！」

我喊出戰敗的臺詞，無奈地轉身離去。

修練第二天的早上。

我走到客廳，看到羅札利坐在沙發上。她低著頭，顯得無精打采。

「咦，羅札利，妳怎麼不去修練呢？」

「……勇者大人說，從今天開始我也不用去了。」

「咦，這樣嗎？」

「昨天我也在納特斯斯的指導下進行讓闇之手出現的修練，勇者大人則是在遠處學習其他技能……不過之後他就走來對我說：『妳可以回去了。』」

羅札利帶著悲傷的表情嘆了一大口氣。

「一定是我悟性太差，讓他覺得傻眼吧。事實上，我連一隻闇之手都叫不出來。」

「唔——我是覺得不用太在意啦。妳也知道，那個勇者本來就很難捉摸了。」

我好不容易從放屁的打擊中重新振作，結果這次換羅札利陷入了沮喪。後來賽爾瑟烏斯端咖啡過來，我邊安慰羅札利，邊在客廳殺時間，但都過了好幾個小時，聖哉還是遲遲未歸。

——我都說要「報告進度」了，而且還把羅札利趕回來，聖哉他到底在幹嘛？

我做了三明治，獨自去六道宮查勤。向門口的守衛打過招呼後，我走向通往無限迴廊的地下樓梯。然而……

「咦！」

我忍不住大叫。樓梯上竟然布滿無數黑手！而且上百隻手一起對我「去、去」地甩手！這是在搞什麼！瞧不起人啊！

不過就某個層面來說，既然手能像草木般叢生，就證明聖哉的修練很順利。即使讓人氣到不行，或許也算是聖哉流的進度報告吧。

「吶吶，這是要給你的三明治……」

我戰戰兢兢地把餐點拿給其中一隻手，裝著三明治的籃子就在手和手之間傳遞，一路運下樓梯。這是在接力傳水桶嗎！

看到這不可思議的景象，我無精打采地離開了這裡。

修行第三天。

聖哉從那以後就一直沒回來。最近我為了讓聖哉修練時能專心，都儘量不去管他。但因為這次是充滿謎團的闇屬性技能，我還是擔心得不得了。

我不顧這次可能又會被闇之手趕走，帶了飯糰前往地下樓梯。不過，今天樓梯上倒是一隻黑手都沒有。

——既然對手是聖哉，大概是設了其他陷阱吧？

我悄悄走下樓梯，儘量不發出任何腳步聲。四周不見任何異狀，看來是我多慮了。這時聖哉和納特斯斯的對話從遠方傳來。

「……這樣修練就完成了。以後看你是要繼續精進，還是做其他運用都可以。」

「好。」

「不過你學這個真的好嗎？禁忌的闇之技真的有機會用到嗎？」

——禁忌的闇之技？那是什麼啊！

當我躲在暗處，打算偷聽時……

「等一下，納特斯斯，有人來了……莉絲妲，是妳吧？」

嗚喔！穿幫了！為什麼？明明離得這麼遠啊！

我感覺心臟差點從口中跳出。不過仔細想想，反正我是來送飯糰給聖哉的，於是就故作輕鬆地走向聖哉，還刻意用活力十足的聲音打招呼，將便當袋遞給他。

「嗨，聖哉！修練的進度如何？」

「我想學的闇屬性技能都已經會了，在這裡的修練算是告一段落。」

……話雖如此，聖哉卻沒說出那句招牌臺詞。看來他還有其他事要做。這時聖哉直接走上樓梯，連回頭看納特斯斯一眼都沒有。

「等、等我一下啦，聖哉！……謝謝你喔，納特斯斯！」

「嗯，那就再見嘍。」

我代聖哉向納特斯斯揮手道別，追在他的後頭。

回到烏諾家後，聖哉梳洗更衣，做好準備，接著叫我們到客廳集合。我們圍著桌子在沙發上坐定後，聖哉將視線投向我。

「莉絲妲，在出發到蓋亞布蘭德前，我想再看一次關於馬修的情報。」

「咦咦！又要看了嗎！」

……聖哉照之前那樣讓我站在牆壁前，猛打我的頭。但不管試了幾次，都得不到任何有用的情報，只看到馬修兒時玩水的畫面、熟睡的畫面，還有重複的頭巾製作過程。

「這種影像到底有誰想看啊……！」

賽爾瑟烏斯喃喃抱怨。我用手按著頭，對聖哉大喊：

「不要再打了！我的頭快爆炸了！」

「放完下一個就結束。」

但最後看到的，是成年的馬修蹂躪人類城鎮的影像。馬修握著染血的伊古札席翁，在他面前有個抱著嬰兒的女子。她哭著哀求說：

「求求你！我怎樣都無所謂！拜託你放過這個孩子吧！」

「嗯——這個嘛……」

轉眼間，馬修的伊古札席翁刺穿女子的胸口。母親頹然倒地，嬰兒則不斷哭叫。馬修大概是被吵到受不了，毫不猶豫就朝嬰兒砍下去。後來，他看似恍然大悟地笑了。

「啊，應該先殺了嬰兒才對，那樣一來這個女人就會更痛苦。不行、不行，順序搞錯了。」

在這之後，馬修也像在納加西村一樣笑著砍殺人類。連面對求饒的人，他也毫不留情地將對方大卸八塊。

——好、好過分……！

「莉絲妲，別中途停下來啊。」

雖然那影像令人想遮住雙眼，但在聖哉的指示下，我還是繼續播放這猶如地獄的景象，直到馬修離開鎮上為止。

「呼……」

目睹那殘虐至極的景象後，我的心情變得非常低落。賽爾瑟烏斯也難得不爽地說：

「那種傢伙才不是馬修，只是個怪物罷了。幫他做蛋糕真是不值得。」

「你說得沒錯，賽爾瑟烏斯。神龍王只是扭曲世界的幻影，連存在的價值也沒有，所以我們不用客氣也不必猶豫，除掉他就對了。」

「讓我們打倒萬惡的源頭——神龍王馬修・德拉哥奈特吧！」

看到馬修暴虐的作風，三個人變得齊心一致。這時我突然想起一件事，戰戰兢兢地對聖哉開口：

「聽、聽我說，有件事我忘了講。之前我作了馬修和艾魯魯的夢……」

「妳的夢我沒興趣聽。」

「別這麼說嘛，姑且聽一下啦！我……我覺得這個世界的馬修，說不定現在也很痛苦啊！」

賽爾瑟烏斯嘴巴張得開開的，羅札利也皺起眉頭。

「啥？妳剛才不是有看到嗎？他看起來一點也不痛苦，還對殺戮樂在其中呢。」

「我知道女神大人妳很溫柔，但這份溫柔不必用在神龍王身上。」

「他們兩個說得沒錯，像這樣掉以輕心會致命的。」

「我沒有掉以輕心！我是在夢中聽到馬修對我說『救救我』！艾魯魯也說『聖哉再這樣下去，是無法拯救世界的』！」

「……她說我『無法拯救世界』？」

聖哉挑了下眉毛，用怒瞪般的眼神看向我。

「那該不會是妳本身對我的看法吧？」

「不、不是……應該不是……」

我不敢斷定那不是作夢或妄想，我自己也不清楚那到底是什麼。聖哉盯著啞口無言的我看，用鼻子「哼」了一聲。

「你、你也不必擺那種臉給我看吧……」

「已經夠了。雖然這次也沒有進展，但上次偶然得知馬修的弱點，加上我學到了闇屬性的技能，只要今天休息一天讓魔力恢復，對付龍王母應該沒什麼問題。」

「這樣啊！那你這次應該準備好了吧！」

我盯著聖哉看，期待他說出那句招牌臺詞，但聖哉卻轉過頭背向我，喃喃開口：

「……準備就緒（Ready Per）。」

唔！竟然省略了一部分！一聽就知道心情不好啊！

隔天早上。

開門來到伊古爾鎮後，我們跟著聖哉走到小鎮的邊界。

「話說回來，我到現在還沒看過伊古爾的結界呢。」

我向聖哉搭話，他卻頭也不回。或許是在生氣吧，他變得比平常更沉默寡言。

在尷尬的氣氛中，我們來到伊古爾鎮的郊外。之前我們都在小鎮的中心地帶活動，這次走到郊外後，才終於看清楚結界的全貌。有道像毛玻璃的牆將整個鎮包圍起來。我往走在身旁的羅札利瞄了一眼。

「這就是伊古爾的結界啊。感覺灰濛濛的，都看不到外面的情況。」

「這一點也在我們的計畫之內，這樣外面的人就看不到鎮上的情況了。伊古爾的結界會讓生活所需的陽光和自然物通過，並排除所有生物的侵入。」

「哦，設結界前有經過仔細的考慮呢。」

賽爾瑟烏斯脫口表示佩服。羅札利將手貼在結界牆上，點了點頭。

「雖然現在要去外面，但不會去解除結界本身，而是對要出去的我們施以魔法，讓我們能穿過牆壁。」

——那就代表結界至今從未解除過呢。唔，好嚴密的安全系統。就是這樣才能抵擋龍人長年來的攻打吧。

羅札利用手虛掩我們的頭頂，詠唱咒語。雖然我沒感覺到變化，不過這樣好像就能穿過結界了。這時，聖哉終於開口：

「羅札利，除了妳之外，還有人能操作這個結界嗎？」

「有，前艾多納鎮長格拉哈姆也能。」

「這樣啊。」

我有些在意地問聖哉：

「吶，聖哉，為什麼你要問這個？」

「這不關妳的事。」

聖哉回答時都不看我的臉。他從昨天開始就一直心情不好。在他心中，我大概是個屢勸不聽，老是對扭曲世界的幻影付出關心的笨女人吧。在夢中聽到的艾魯魯的聲音一直在我腦中揮之不去，但即使如此，我也不知該如何是好。為了讓世界恢復原狀，別說救馬修了，甚至還必須殺他才行，這終究是難以撼動的事實……

我正在苦惱時，聖哉用平淡的語氣對我們下指示。

「除了羅札利外，我們都透明化，然後跟著帶頭的羅札利走。」

「咦咦！羅札利沒問題嗎！」

看到只有羅札利沒隱形，我不免為她擔心。她對我微微一笑。

「如果沒人帶頭，大家會走散的。」

「是、是這樣沒錯啦……」

我感覺聖哉的視線如芒刺在背，也無法再多說什麼。

聖哉透明化後，我和賽爾瑟烏斯也變透明，一起跟在羅札利後面。當我通過結界牆時，先是聽到「嗡」的悶響，接著映入眼簾的，是一片悽慘的景象。

惡魔和龍人屍橫遍野，死狀悽慘……悶燒的火焰、濃煙……還有血腥味。地獄跟和平的伊古爾鎮只有一牆之隔。

——嗚哇……！結界外竟然是這樣的慘況！

我愣在原地，一時無法言語。賽爾瑟烏斯也同樣茫然失措。隔了半晌後，聖哉冷靜的聲音響起。

「羅札利，在東北方大約三百公尺處，有惡魔和龍人正在交戰，妳就往那裡慢慢前進吧。」

「好！」

就在我被屍體嚇呆時，聖哉已經放出鳳凰自動追擊和火蜥蜴去偵查了。羅札利照聖哉的話朝那裡前進。

——跟龍人的比起來，惡魔的屍體數量是壓倒性的多。馬修說得沒錯，這裡的確快完成鎮壓了。

這一帶應該有過激烈的戰鬥，但現在看不到任何活人，只剩傷痕累累的屍體四處橫陳。我盡量小心走路，以免不慎踩到屍體。

「喔哇！」

賽爾瑟烏斯突然發出愚蠢的叫聲，讓我渾身一抖。我還沒開口，聖哉就先一步責備賽爾瑟烏斯。

「喂，賽爾瑟烏斯，別叫那麼大聲，這樣透明化就沒意義了。」

「抱、抱歉！不過聖哉先生，你看這個！」

賽爾瑟烏斯是透明的，就算他說「這個」，也不知道是指哪個。不過，羅札利往四周張望後，察覺到賽爾瑟烏斯要表達的。

「那具屍體不就是……！」

遠方躺著一具惡魔的屍體。我們對那副殘骸有印象。那是六臂的惡魔幹部伊雷札・凱傑爾，而且只剩上半身。

「連伊雷札那種等級的惡魔也死了……這應該是龍王母下的手吧。」

「我要驗屍。在我說好前先待命。」

聖哉保持隱形，開始驗屍。他應該是在觸摸屍體，只見伊雷札的手一下自行移動，一下飄浮起來，感覺有點詭異。過了一會兒後，賽爾瑟烏斯發問：

「聖哉先生，你有看出什麼端倪嗎？」

「嗯，這傢伙跟戰帝那時一樣，也是一回神就死了。」

雖然想吐槽「從驗屍中知道的只有這種小事嗎！」，但聖哉現在心情很差，還是別說為妙。大概是我們的沉默讓聖哉意會過來了，這次換他主動開口：

「我知道的當然不只這件事。他傷口嚴重潰爛，而且跟火焰魔法造成的燒傷不同，像是暴露在光屬性的招式之下。從這裡開始要更提高警覺，就算是透明的也不能大意。」

羅札利在聖哉的指示下繼續前進。不久後，一群龍人出現在前方，還伴隨著不時傳來的打鬥聲及魔法的閃光。

「我們就停在這裡。羅札利，妳也變透明吧。」

「可是這樣就沒人當前導——」

「我已經找到要討伐的對象，不需要妳帶路了。」

我定睛細看那群龍人。被那些龍人包圍在中間的，是一臉焦躁的凱歐絲·馬其納，以及打扮得像神官的龍王母。

# 第三十二章　極龍化

我們保持透明，靠近正在跟凱歐絲．馬其納戰鬥的龍王母。抵達聖哉事先指定的地點後，我們就在安全的位置上屏氣凝神，觀察戰況。

龍王母舉起手杖，展開魔法陣——朝凱歐絲．馬其納射出光球。光屬性的技能和魔法對惡魔格外有效，只要挨上一記光球，肯定會造成致命傷。雖然凱歐絲．馬其納用大劍打掉，但接踵而來的光球仍有一顆擊中了她的一隻腳。她「嗚」的一聲發出悶哼，單膝跪地。

這時聖哉突然出聲：

「羅札利，妳在嗎？」

「在，我在這裡！」

兩人在透明的狀態下竊竊私語。不久後，聖哉用清晰的聲音這麼說：

「妳用這個去割斷龍王母的咽喉。」

我嚇了一跳！又、又要搞暗殺？之前讓羅札利去不就失敗了嗎！

「現在是戰鬥中，他們都把注意力放在對方身上，要察覺到第三者——尤其是從背後靠近的透明人，應該非常困難才對。」

「勇者大人……這把劍是？」

羅札利似乎從聖哉手上接過了一把劍。不過現在一切都透明的，所以羅札利和我都看不到那是什麼東西。

「這是屠龍劍（Dragon Killer）。妳先發動惡魔之手，再把納特斯斯給妳的闇之靈氣附加在劍上。」

「屠龍劍……！勇者大人，您是怎麼弄到這把武器的？」

「這是我在冥界做的。我拿白金之劍當媒材，放進馬修的頭髮數根，莉絲妲的頭髮數百根做成的。」

——馬修的頭髮！是在納加西村遇到他時弄到手的吧！他還是一樣面面俱到呢……不，等一下！我的頭髮數百根？他到底給我偷拔了多少啊！

我摸摸頭，以確認自己是否有禿頭。當我正想開口抱怨時，聖哉用無比嚴肅的語氣對羅札利下指示。

「羅札利，妳暗殺馬修時失敗過一次，這次再失敗就沒有下一次了，知道嗎？」

「知、知道了！」

「這次的成功率比上次高很多，因為不會有伊古札席翁解除透明化。另外，就算不是致命傷也沒關係，只要先造成一些傷害，再由我給她致命一擊就好。」

「我一定會成功的！」

雖然上次為聖哉失去一隻手，羅札利仍無怨無悔，用充滿決心的語氣回答聖哉。

……現在，透明的羅札利應該正拿著屠龍劍，偷偷地靠近龍王母。凱歐絲・馬其納在龍王母面前步履蹣跚，肩膀隨呼吸劇烈起伏，一看就知道兩者的實力相差懸殊。龍王母要龍人士兵留在遠方待命，然後伸出長長的舌頭。

「人魔協定遭到毀棄，你們這些惡魔從鎮上被趕出來。呵呵呵，看來人類比惡魔更狡詐呢。」

「因為出現了異常啊～不然我們原本是完全處於優勢的說～」

「異常？這話是什麼意思？」

「呵呵，隨便啦～反正妳也一定會被那傢伙殺掉的。」

「淨說些莫名其妙的話。」

龍王母朝凱歐絲・馬其納用力一踢。「咚」的一聲，凱歐絲・馬其納的身體就應聲彎成煮熟的蝦子。

「伊古爾的結界要怎樣解除？如果告訴我，我會讓妳死得輕鬆一點。」

「結、結界只有結界內的人類才能操縱。不管你們怎麼努力，都進不了鎮裡的……」

凱歐絲・馬其納即使吐血，仍咧嘴獰笑。龍王母輕嘆一口氣。

「算了，沒差，伊雷札加上凱歐絲・馬其納……只要除掉前魔王軍直屬四天王，相信神龍王應該也會龍心大悅吧。」

「不要……太小看我啊。」

凱歐絲．馬其納趁龍王母不注意時，用大劍對準自己的腹部。那景象在我眼裡似曾相識。

她在原本的蓋亞布蘭德跟聖哉戰鬥時，也曾讓本體古雷塔戴蒙從自己的肚子鑽出來。雖然當時被聖哉打敗了，不過這世界的凱歐絲．馬其納跟原本的她實力天差地別。換句話說，這裡的古雷塔戴蒙的戰鬥力也會異常的高。

——這樣一來，凱歐絲．馬其納就有勝算了！

但沒想到，凱歐絲．馬其納的大劍隨著尖銳的金屬聲彈飛！她一臉錯愕！龍王母保持剛揮完杖的姿勢，露出開心的笑容！

「那是封印類的招式吧？有強大的邪氣從妳的腹部冒出來，妳以為本宮沒發現嗎？」

「唔！」

凱歐絲．馬其納一改平時的輕佻態度，表情僵硬扭曲。

「去死吧！」

帶著光之力的手杖揮下——卻沒有將凱歐絲．馬其納的頭部破壞。龍王母吃驚得大叫：

「怎、怎麼會是妳！」

——咦……！

我也和龍王母一樣懷疑自己的眼睛。羅札利突然出現在凱歐絲．馬其納前方，用屠龍劍

擋下龍王母的手杖。

「羅、羅札利？為什麼！」

我忍不住大喊。身旁的聖哉咂了下舌。

「蠢蛋，她到底想幹嘛？」

聽聖哉的語氣，似乎打心底對羅札利的行動感到不解。不過賽爾瑟烏斯看到她用屠龍劍打掉龍王母的手杖後，忽然恍然大悟地喃喃開口：

「難道……是因為凱歐絲．馬其納要被殺了嗎？」

「所以才解除透明化去救她？也就是說……」

——羅札利！妳還是把凱歐絲．馬其納當成夥伴嗎？

「真是莫名其妙。惡魔幫助人類只是演技，羅札利應該也知道才對。」

羅札利現在陷入了困境，因為龍王母的目標從凱歐絲．馬其納轉移到她身上了。龍王母不斷揮舞手中如棍棒的手杖，羅札利則一邊後退，一邊用屠龍劍勉強擋下對方的攻擊。

「公主……？」

吃驚的人不只有我們。凱歐絲．馬其納也用錯愕的表情望著羅札利。龍王母聽到凱歐絲．馬其納的話，舔舔舌頭。

「是喔！原來妳是戰帝的女兒啊！」

羅札利拉開距離，握緊屠龍劍。凱歐絲．馬其納也起身重整架式。

「就算多出一個人，也無法勝過本宮的。能獻給神龍王的伴手禮又增加啦！本宮要把妳們一起宰了！」

龍王母的身體突然一口氣膨脹，撐破衣服！才一轉眼，她的模樣就從蜥蜴人變成散發龐大靈氣的土黃色巨龍！

「聖、聖哉！這樣下去羅札利會有危險的！我們也解除透明化去幫她吧！」

「誰管她啊，自作自受。」

「別這麼說嘛！好啦，你快放出那些闇之手吧！拜託啦！」

就在我們僵持不下時，龍對羅札利張開血盆大口。

「神聖龍息(Holy Breath)！」

她噴出的不是以前的火焰，而是刺眼的光線。雖然那是對惡魔最有效的光屬性招式，但即使不是惡魔，一旦這麼近距離地挨上一記，也會受到很大的傷害。

「羅札利！」

我不禁大叫。不過在光線打到羅札利前，凱歐絲・馬其納一躍而上。因為大劍被龍王母打飛，她幾乎是毫無防備地擋在羅札利面前。放電般的巨響傳遍這一帶。全身燒傷的凱歐絲・馬其納往前縮起身子，頹然倒地。

我目睹那個景象，驚訝得說不出話來。羅札利也跟我一樣。

「為什麼！為什麼妳要幫我擋！」

羅札利抱起凱歐絲．馬其納。凱歐絲．馬其納雖然身受致命傷，還是露出跟平常一樣的笑容。

「習慣這種東西……還真有趣呢～這十年來我一直假裝救公主……呵呵呵……結果就真的養成非救不可的習慣了……」

變成巨龍的龍王母朝兩人張開嘴，打算放出下一波神聖龍息。

「聖哉！快點！」

我對聖哉大叫。這時龍王母突然悶哼了一聲。

「唔！」

我一看，原來是地上長出了無數黑手，纏住了龍王母的腳！

「謝、謝謝你，聖哉！」

我不知道透明的聖哉是什麼表情。雖然他可能很不情願，但在龍王母周圍仍長出了數十、數百隻的黑手，把地面塞得密密麻麻。龍王母的動作完全被封住了。

我把視線拉回羅札利她們。凱歐絲．馬其納躺在羅札利懷中，斷斷續續地開口說：

「如果妳是惡魔……不，如果我和妳一樣是人類……或許就能成為真正的夥伴了……」

「凱歐絲．馬其納……！」

凱歐絲．馬其納溫柔地微笑，接著無力地垂下頭。

——她、她死了……！沒想到惡魔真的會出手救人類……！

賽爾瑟烏斯的低語從我身旁傳來。

「雖然她說……十年對惡魔而言非常短暫……但在一起生活的過程中，還是萌生了善良的心呢。」

「是啊，雖然感覺很不可思議……但一定是這樣沒錯……」

現在明明還在戰鬥，我和賽爾瑟烏斯卻沉浸在感傷中。這時，聖哉突然解除透明化，我們也配合他一起現形。聖哉的表情相當苦澀，我還以為他也多少被打動了……

「那些傢伙剛才都在做些什麼？我完全搞不懂。」

「唔！你明明是人類，為什麼比惡魔還無情啊！」

這個跟機器人一樣缺乏感情的勇者，在確認了龍王母還在跟闇之手纏鬥後，就朝羅札利招手。羅札利原本握著斷氣的凱歐絲．馬其納的手，露出五味雜陳的表情，但看到聖哉招手後，她立刻回神過來跑向聖哉，向他鞠躬致歉。

「非、非常抱歉！暗殺又失敗了——」

「沒關係。反正事情都發生了。」

咦，奇怪？聖哉剛才應該很生氣才對啊？

依聖哉的個性，可能是馬上就切換心情了吧。不過，他不僅沒生氣，還用帶著一絲溫柔的表情靠近羅札利，近到足以感受彼此的氣息。

「勇、勇者大人？」

因為距離太近，羅札利一時啞口無言。聖哉用手扶住她的下巴，將自己的臉湊得更近，然後……以自己的唇疊上羅札利的唇……咦，嗚噢噢噢噢噢噢噢噢噢噢噢噢噢噢噢噢噢噢噢噢噢啊！

「唔！呃，你才是讓人完全搞不懂啊啊啊啊啊啊啊啊啊啊啊！」

唐突的吻戲讓我尖叫！

「什、什麼？勇、勇、勇、勇者大人……？」

羅札利面紅耳赤，對這突發狀況一頭霧水。聖哉用溫柔的口吻對羅札利說：

「幸好妳沒事。」

「謝、謝謝……您……？」

「凱歐絲·馬其納的死，想必讓妳的心情起伏不定吧？不過還是請妳切換心情，專心在眼前的戰鬥上。」

「是、是的！」

「接下來我會用魔法從後方支援妳。」

聖哉看似親暱地把手放在她的肩上。

「好，那就拜託妳了，羅札利。」

「遵命！」

羅札利眼神發亮，握緊屠龍劍。看來她是真的切換好心情了。

——剛才那一吻，果然是為了把羅札利的注意力拉回戰鬥嗎……？可、可是沒想到聖哉竟然會做這麼事……！

在眼前上演的吻戲讓我難以置信，方寸大亂。這時，戰況出現變化。龍王母到處狂噴神聖龍息，把闇之手一掃而空，然後看向解除透明化的我們。

「你們就是凱歐絲・馬其納說的『異常』嗎……」

她伸展長長的脖子，環顧四周一圈。

「看來本宮的部下也全被殺了。」

聽她這麼一說，我才發現原本在四周待命的龍人們已全部趴倒在地！而且他們身旁還出現黑手和火蜥蜴！

當我們的注意力被龍王母和凱歐絲・馬其納的戰鬥吸走時，聖哉趁機把她的部下統統擺平了。雖然部下被殺，龍王母仍放聲大笑，表示稱許。

「呵呵，哈哈哈哈！本宮知道！本宮就是知道！瞧瞧這神聖的氣息，以及天選之人的氣勢！你們一定就是來自異次元的女神和勇者吧！」

她的龐大身軀伴隨著地鳴朝我們步步逼近！

「事到如今還來這世界做什麼！」

「我、我們是來導正你們犯下的錯誤！」

「蓋亞布蘭德唯一需要的就是龍族！如果敢妨害我族的繁榮，就算是勇者和女神，本宮也照殺不誤！」

龍王母高高地抬起頭。聖哉用平靜的表情手指羅札利。

「龍王母，妳的對手是她。」

羅札利輕輕點頭後，朝龍王母衝刺。聖哉同時動了下食指，讓龍王母腳下又出現大量黑手。龍王母咂了下舌。她一下用踩的，一下用光線燒，但闇之手還是照樣重生，令她煩躁不已。變成巨龍的龍王母力量雖大，動作卻很笨重，反觀擁有惡魔之力的羅札利，在敏捷度上明顯勝過她。羅札利一抓到空隙，就用屠龍劍砍龍王母。龍王母被闇之手搞得焦頭爛額，無暇閃避羅札利的攻擊，表皮都被砍傷了。

「不行，這樣不行。本宮得拿出真本事了。」

即使行動受阻又被羅札利攻擊，龍王母依然用游刃有餘的語氣開口，伸出長長的舌頭。

「『嘆息之壁（Ultimate Wall）』！」

龍王母身上突然發出金色光芒，鱗片變得如刀刃尖銳！那、那正是龍王母的壓箱絕技！能同時抵擋魔法和物理攻擊的絕對防禦！

「聖哉！羅札利沒辦法突破她的防禦啊！你也差不多該參戰了吧！」

嚴格來說，聖哉上一次也沒有突破龍王母的嘆息之壁。他是用雙刀流連擊劍把她一步步逼上絕境，最後讓她掉進龍穴奈落才勉強打贏的。可是，這次並沒有當時的龍穴奈落。

即使如此，聖哉依舊冷靜地說：

「我要交給羅札利，繼續在這裡觀望。沒問題的，龍王母雖然有絕對防禦，但也失去了機動性。」

雖然龍王母離我們很遠，但她似乎聽見了聖哉的話，轉而面向我們。

「沒想到你已經掌握嘆息之壁的特性了，真不愧是勇者。那本宮就讓你見識一下更高階的變化吧。」

「喂喂，真的假的！難道還要變得更大嗎！」

賽爾瑟烏斯用焦急的語氣大喊。我也倒抽一口氣。巨龍仰望天際，發出祈禱。

「願聖天使庇佑吾等……！」

龍王母龐大的身軀瞬間縮小，從巨龍變回原貌……不，不對。黑色的長髮、銳利的雙眸、隆起的胸部——龍王母竟然變成人類女性的樣子了！

「這就是聖天使大人的力量！超越神龍化的『極龍化』！」

「極、極龍化？那是什麼！」

她用手臂往橫向一揮，光之靈氣呈波浪狀往外擴散，將這一帶叢生的闇之手一掃而空！

「本宮藉由打倒魔王，邁向了更高的巔峰！我們龍族最強的進化形式，就是這個極龍化！」

我和賽爾瑟烏斯膽戰心驚，聖哉卻用好奇的眼神盯著變成人型的龍王母看。

「妳的意思是馬修也能辦到嘍？」

「這是當然的。神龍王可是咱們龍族的驕傲。現在的他已經強到能單手捏死魔王了。」

「哦，這樣啊。」

不但有伊古札席翁的力量，還能極龍化！馬修深不見底的能力讓我一時無法言語！但聖哉仍老神在在地拍羅札利的肩膀。

「沒什麼好怕的。上吧，羅札利。」

「是！」

羅札利再次衝上前，揮劍砍向龍王母裸露的肌膚。龍王母閃都沒閃，直接挨了一擊——但屠龍劍卻像砍到堅硬的金屬般，隨著清脆的聲響彈開！龍王母接著朝羅札利伸出纖細的手臂。

「嗚！」

龍王母的手指只是輕輕碰到羅札利的身體，就讓她被彈飛出去。羅札利在地上滾了幾圈，才勉強起身重新站好。

「呵呵呵！本宮不但保持了神龍化的力量，還加上了嘆息之壁的防禦力！另外……」

龍王母將一隻手舉到面前，手上發出刺眼的光芒。

「那、那難道是……神聖龍息嗎！」

「嗯，她好像可以在發動嘆息之壁時敏捷地移動，還能從手上使出光屬性的招式。」

「這不就等於無敵嗎！」

龍王母一臉自負地將手高高舉起，對準羅札利。

「化為焦炭吧！」

就在龍王母要使出神聖龍息前，冰的散彈從半空中如雨落下，打亂龍王母的陣腳！我這才發現身旁的聖哉冒出寒氣，一隻手正對準龍王母！

「……擴散式雹彈（Fenrir Shot）。」

聖哉不知不覺間轉換了屬性，用失控的冰魔法「擴散式雹彈」阻止龍王母追擊。

「妳可以放心繼續攻擊，我來掩護妳。」

「謝謝您，勇者大人！」

羅札利當前鋒，聖哉當後援。聖哉用擴散式雹彈和闇之手阻礙逼近羅札利的追擊。不過，即使有聖哉的支援，羅札利的攻擊還是在尖銳的聲響中不斷被彈開。

「聖、聖哉！羅札利的攻擊好像完全沒用啊！」

「沒關係，我正在執行能完勝龍王母的計畫，羅札利只要幫我爭取時間就好。」

雖然我仍毫無頭緒，但聖哉似乎想出能打倒極龍化龍王母的戰術了。

——可、可是……

即使聖哉說計畫正在進行中，看起來也只像在靜觀羅札利和龍王母的戰鬥而已。

# 第三十三章　絕望的愛

羅札利以屠龍劍猛砍因極龍化而變成人型的龍王母，但龍王母只要搖晃上半身，就能閃躲羅札利的攻擊。從旁人的角度來看，兩者的等級差距一目瞭然。不過，每當龍王母要展開攻擊，冰散彈就會灑落在她眼前，等龍王母被聖哉的魔法打亂步調，羅札利就能趁隙用屠龍劍砍龍王母。

劇烈的破碎聲響徹四周！羅札利使出渾身解數，以惡魔之力朝龍王母的頭部重重一擊！

「搞定了！」

……可是，仔細一看卻並非如此。龍王母用手護住頭部，而屠龍劍的劍身正在半空中旋轉。

「怎、怎麼這樣！原來剛才是劍折斷的聲音嗎！」

「難道屠龍劍沒用嗎！」

賽爾瑟烏斯呻吟。不，並非完全無效。龍王母用來擋下攻擊的手臂上出現了紅色的痕跡。不過，龍王母發動了嘆息之壁，應該沒受到多少傷害。

「呵呵呵，少了可靠的對龍武器，這下沒戲唱了吧？」

「唔……」

羅札利正咬牙切齒時……

「拿去用吧，羅札利。」

突然傳來聖哉的聲音。到了下一秒，劍從空中一把接一把落下，插在羅札利和龍王母之間的地面上。

「勇、勇者大人！這些是！」

「都是備用的屠龍劍。我幫妳準備了七把。」

竟、竟然多達七把！他還是一樣準備周全呢！不過怎麼是從天上掉下來呢？我抬頭一看，有幾隻鳳凰自動追擊在上空盤旋。原來是鳳凰叼來屠龍劍的！

「非常謝謝您！」

羅札利邊道謝邊奔跑，從排成一列的屠龍劍中抽出兩把，以雙刀流的架式衝向龍王母，朝她砍下去。雖然左邊的劍被龍王母輕易打掉，右邊的劍卻不同。她用失去的右手發動惡魔的臂力，以沉重的一擊逼近龍王母。然而……就連對這一劍，龍王母也能及時做出反應。她交叉雙臂擋下攻擊，讓屠龍劍再次化為碎片。

「聖哉！劍又斷了！」

「沒關係，反正還有備用。羅札利去拿劍時，我會用魔法掩護她。」

聖哉使出擴散式雹彈，阻礙龍王母的行動。羅札利就趁這空檔，拿起插在地上的備用屠龍劍。

不過，狀況仍毫無改善。羅札利的劍又在龍王母的絕對防禦下碎裂。雖然羅札利因為聖哉的魔法沒受到任何攻擊，但她也幾乎沒對龍王母造成傷害。戰況持續膠著，屠龍劍也不斷消耗，越來越少。不久後，在尖銳的金屬聲中，最後的屠龍劍也碎了。

「聖、聖哉！這下糟了！」

我不禁急了，聖哉卻默默地看著戰況，喃喃自語。

「……就是那裡，羅札利。」

羅札利手上空無一物，卻朝龍王母揮出手刀！之前未曾出現的，肉被削下的聲響響起！龍王母頹然跪下！

「咦咦！」

我完全不知道發生了什麼事，直到望向羅札利才發現異狀。她的右手上不知何時多了一把屠龍劍！

——怎麼可能！是什麼時候拿到的！

羅札利見龍王母趴倒在地，在她面前握好屠龍劍，並調整偏離的眼罩。

「勇者大人說『準備了七把屠龍劍』，可是掉下的劍只有六把。依勇者大人謹慎的作風，應該不會算錯才對。結果我想的沒錯，在最後掉到地上的第六把劍旁，我摸到了透明的劍。」

「嗯，看來妳有猜到我的想法。」

是、是這樣啊！把自己以外的人變透明的能力，原來也能運用在物體上！他把一把屠龍劍變透明了！

「那並非單純的屠龍劍。我事先對劍賦予我的闇之靈氣，把攻擊力提升到最高了。」

「真不愧是聖哉先生！羅札利能察覺到透明劍也很厲害！要是我就絕不會發現！」

「唔！不要自信滿滿地說這種話好嗎！」

雖然忍不住對遲鈍的劍神吐槽，不過我臉上也有了笑意。畢竟龍王母承受的，是聖哉賦予闇之力的屠龍劍和羅札利的惡魔之力的合擊。我和賽爾瑟烏斯都認為這樣穩贏，卻沒想到……

「……幹得不錯嘛。如果不用嘆息之壁硬化，或許就會造成致命傷了。」

龍王母按著脖子，很快就站了起來！雖然脖子上有傷痕，她還是露出了游刃有餘的笑容！

「不、不會吧！根本沒什麼效果嘛！」

剛才那一砍，恐怕是羅札利能使出的最強攻擊了！結果還是傷不了龍王母分毫嗎！

「聖哉！你現在總該去幫羅札利了吧！」

我回頭朝聖哉大喊，他卻神情漠然。

「冷靜點。到目前為止，打倒龍王母的準備工作都進行得很順利。」

「咦！透明化的屠龍劍不是最後的殺手鐧嗎！」

「那只是用來爭取時間罷了。」

聖哉從羅札利和龍王母所在的位置稍稍後退，繼續觀察戰況。剛才他還記得用魔法掩護羅札利，但現在他只是雙手抱胸，彷彿連這件事都忘得一乾二淨。沒有聖哉的掩護後，羅札利被龍王母步步進逼，逐漸陷入劣勢。我終於按捺不住，搖晃聖哉的肩膀。

「羅札利已經到極限了！你也差不多該出手了吧！」

「沒錯，的確差不多了。」

就在聖哉喃喃低語的瞬間，羅札利突然雙膝一跪，不斷咳嗽、吐血！

「羅、羅札利！」

她被龍王母打倒了……就在我這麼想時，賽爾瑟烏斯一臉詫異地開口：

「呃……龍王母剛才有做什麼嗎？」

「我沒看清楚，不過應該有打到羅札利吧！」

可是應該有發動攻擊的龍王母，竟也滿臉不解地看著倒地的羅札利。

「這女人是怎麼搞的……竟然自己吐血了。難道是舊傷在戰鬥中裂開了嗎？」

龍王母雖然一頭霧水，還是咧嘴而笑。

「算了，這樣也好！妳就這樣死吧！」

正當龍王母手上發光，準備使出神聖龍息時……

「嗚！」

她突然悶哼一聲，以手掩口。

龍王母從口中吐出紫色的血，跟羅札利一樣趴倒在地！

「這、這是……！嗚噁！」

「喂喂！她們兩個都倒下來了耶！」

「到、到底是怎麼回事……！」

面對眼前的狀況，賽爾瑟烏斯和我完全摸不著頭緒。龍王母渾身顫抖，怒瞪聖哉。

「這難道……是你……幹的好事嗎……！」

「唔！聖哉，這是你做的嗎！」

我邊喊邊望向聖哉，卻頓時背脊發涼。聖哉正用冰冷的眼神緊盯戰況。

「嘆息之壁不但能讓所有攻擊無效，連對闇屬性的對龍武器也有耐受性，可說是銅牆鐵壁般的守護。既然如此，我只好用截然不同的方法來解決她。」

「截、截然不同的方法？」

「方法已經生效了。那就是拿某個生物作為病原體，再去感染敵人的闇屬性魔法——感染致死咒（Infect Lover）。」

我聽不懂聖哉在說什麼，龍王母反而比我更進入狀況。

「你犧牲了……這個女人嗎……！」

拿、拿羅札利當病原體……？不會吧！聖哉怎麼可能會這麼做！再說，這又是什麼時候做的——

聖哉和羅札利的那個吻，突然在我腦中甦醒！

「難道那個吻就是……！」

「沒錯。只要我這個施術者跟那個生物雙唇疊合，就能發動感染致死咒。」

聖哉的語氣很平淡，一點歉疚也沒有。

「因為這是很強大的闇魔法，發動的條件自然相當嚴格。病原體要感染敵人，必須連續做出六十六次攻擊性接觸，所以我才會明知沒有損傷，卻還是讓羅札利用屠龍劍不斷攻擊。」

我一時無法言語，龍王母則痛苦呻吟。

「本、本宮的嘆息之壁……竟然因為這樣就……」

龍王母全身痙攣，口吐帶血的白沫。魔法造成的疾病迅速侵蝕她的身體，而羅札利也一樣。她倒在地上頻頻吐血，身體不斷抽搐。

不、不過這不是真的生病！應該是詛咒之類的！既然如此……

「聖哉！快解除闇魔法啊！快！」

「不行，得等龍王母斷氣才可以。」

「羅札利都快死了，你還在說那種話！直接把龍王母殺掉不就好了！總之快一點啦！」

「呼……」

聖哉拿起劍，走向龍王母。龍王母用沾滿血的悽慘面容瞪著聖哉。

「你竟好意思自稱勇者……！你的作為甚至不如魔族……！」

「原來如此。看來嘆息之壁的確解除了，現在應該殺得死。」

……我忍不住衝向羅札利。這時，傳來了一聲「喀嚓」的鈍響，應該是聖哉給了龍王母致命一擊吧。我抱著羅札利對聖哉大叫：

「聖哉！」

「……我已經解除了。」

「羅札利！我現在就治好妳！」

我馬上發動治癒魔法，但羅札利仍劇烈咳嗽、吐血，把我的洋裝染成一片鮮紅。

——不、不行！已經衰弱成這樣，用治癒魔法根本來不及！

但我仍拚命治療。聖哉不知不覺來到我身邊。

「沒用的，那個闇魔法非常強大。連龍王母都會死了，羅札利當然也救不活。」

「聖哉……你……從一開始就打算殺羅札利嗎？」

「因為她暗殺屢屢失敗，所以我認為該在這時割捨掉她了。」

「什麼！」

「我自己也覺得有點可惜。本來想在神龍王戰時也用她的，但至少最後收得漂亮。能毫髮無傷地結束這場戰鬥，就已經夠好了。」

「你、你在開什麼玩笑啊……！」

我不知道有多久沒對聖哉這麼生氣了。但我發火到一半，羅札利把顫抖的手放上我的胸口。

「羅、羅札利！」

「這樣……就好。我很高興……終於能幫上勇者大人的忙了。而、而且……」

羅札利輕按自己染血的唇，露出滿足的表情。沒錯，聖哉的吻曾落在那兩片唇瓣上。

「呵呵……這是最初……也是最後的……」

我知道羅札利的生命之火即將熄滅。如果我能執行神界特別處置法，應該能救她吧。但現在神界消失了，這已經是不可能的事。我對這致命傷束手無策。無力感加上對聖哉的憤怒，讓眼淚忍不住奪眶而出。

「對不起、對不起，羅札利……」

「女神大人……妳為什麼要哭呢？」

「因為……」

羅札利呼吸紊亂，卻用清澈的獨眼注視我，用沙啞的聲音向我道謝。

「謝謝妳……雖然勇者大人似乎很看不起妳……」

羅札利接著溫柔地微微一笑。

「但在我心中，妳仍然是女神。」

我懷中的羅札利頹然垂下頭，全身癱軟無力。

「……她、她死了嗎？」

我沒有回答賽爾瑟烏斯，而是緩緩放下斷氣的羅札利，改揪住聖哉的胸口。

「你到底在想什麼！你怎麼做得出這麼過分的事！」

「不要讓我一說再說。這個老羅札利是假的。只要拯救了扭曲世界，這一切都會歸零，羅札利也會恢復原狀。」

「什麼假不假的！這個世界的羅札利也太可憐了！」

「而、而且聖哉先生，如果沒有羅札利，以後有很多事都不方便吧？」

「放心吧，只要有莉絲姐的門，也能入侵巴哈姆特羅司。」

「所以……所以你當時才會去一下就回來！這樣羅札利什麼時候死都沒關係了，對吧！」

淚水從我眼中不斷湧出。

「羅札利明明那麼努力，那麼拚命修練，甚至還喜歡上你！結果你竟然……好過分！太過分了！」

「我必須在安全無虞、身體健全的前提下攻略完所有扭曲世界，並在最後打敗神域的勇者和梅爾賽斯。為了這個目的，當然得利用這些死了也不足惜的幻影。我的戰略哪裡錯了？」

「就算這樣也不行啊！一旦做了這種事，遲早會被黑暗吞噬的！」

我一吼完，四周就陷入短暫的沉默。不久後，聖哉用鼻子哼了一聲。

「妳說我會被黑暗吞噬？妳忘了伏爾瓦納鎮的事嗎？死皇說過，只要打心底認同扭曲世界，幻覺就會成真，所以我只把這世界當成幻影來看。被幻覺吞噬的人是妳才對。」

「我是不至於認同這種世界！但你也不能因此瞧不起住在這世界的人！」

我氣得暴跳如雷，聖哉也用嚴厲的眼神看我。

「真不像話。葛蘭多雷翁那時闖下的禍，妳都沒在反省嗎？妳到底想重複幾次同樣的錯誤？」

聖哉態度凶巴巴的，把我嚇了一跳。錯、錯誤……？這意思是我錯了嗎？聖哉果然是對的嗎？可是……可是……

「可、可是，如果我們拯救不了扭曲世界，那這個蓋亞布蘭德就會成為現實了吧？聖哉，在伊克斯佛利亞時，你是預想到自己可能會死，才做出那些指示吧？所以同理可證，我們還是得考慮到萬一——」

「我的確留下指示，以防自己有個萬一，但那也是為了拯救世界。我從沒做過『萬一救不了世界』的假設。每次行動時，我都是抱著『一定能救成』的信念。難道妳不是嗎？」

「這、這個……」

「再說，如果照妳的說詞，那不是連馬修都不能殺嗎？為了拯救扭曲世界，殺掉馬修是必要的條件吧。」

「結果或許相同沒錯，但過程還是很重要啊！就算不得不殺，只要放進感情，那麼也一定能得救！不管是馬修……還是聖哉都一樣！」

「真是莫名其妙。」

「即使是幻影，羅札利的靈魂還是受了傷啊！」

老實說，連我都快搞不清楚自己在說什麼了。可是，羅札利的死讓我既懊悔又悲傷，一時衝動就脫口而出。

「即使世界有無數個，真正的靈魂——聖魂也只有一個吧。不管是這世界的羅札利，還是原本的世界的羅札利，靈魂都是一樣的……」

聖哉一聽，用嚴肅的表情盯著我看。

「妳這說法有何根據？」

「呃……你這麼問我，我也……」

「喂，賽爾瑟烏斯，在神界時伊希絲妲有說過這種事嗎？」

「呃，這種說法我倒是沒聽過。」

「果然又是隨口胡謅嗎？」

聖哉用冰冷的眼神看我，我則提出反駁。

「如果只因為是扭曲世界就視人命如草芥，內心會被黑暗吞噬的！即使是幻影，我還是希望你能救一個是一個！這樣才是『勇者』吧！」

聖哉重重地嘆一口氣，看我的表情充滿露骨的輕蔑。

「妳總是這樣感情用事，講話也不合邏輯，結果就是常常讓身邊的人暴露在危險中。」

「我、我已經比以前謹慎了……」

「這樣殺子也不會瞑目的。」

「唔！為什麼要在這時候提起小殺啊！」

我已經淚如雨下，眼前一片模糊，聖哉卻繼續落井下石。

「妳不只派不上用場，甚至是妨礙我拯救世界的瘟神……不，是『瘟女神』才對。」

他把我當仇家一樣辱罵，讓我不禁眼淚狂飆，加上鼻水等等一起流個不停。我忍不住尖叫。

「咿哇啊啊啊啊啊啊啊啊啊啊啊啊啊啊啊啊啊啊！」

「呃，妳這什麼哭法啊……」

賽爾瑟烏斯嚇了一跳，但我依舊像孩子般嚎啕大哭。聖哉咂了下舌。

「吵死了，別哭，快打開往伊古爾鎮的門。」

「唔！這都是你害的吧啊啊啊啊啊啊啊啊啊啊啊！把我弄哭又叫我別哭，鬼才聽你的話啦啊啊啊啊啊啊啊啊！」

「快開門。」

「吵死了————！我要先幫羅札利做個墳墓再說————！」

「那就馬上做，限妳五分鐘內完成。」

聖哉說完就大步走到另一頭去。

「喂，那傢伙跩什麼啊啊啊啊啊啊啊啊啊啊啊！誰是瘟女神啊啊啊啊啊啊啊啊啊啊啊！而且五分鐘要怎麼造墓啊啊啊啊啊啊啊啊！」

「冷、冷靜點，莉絲姐。我也會幫忙，好嗎？」

「那傢伙……那傢伙……那傢伙算哪根蔥啊啊啊啊啊啊啊啊啊啊啊啊啊啊啊啊！嗚咿，啊噗，噢嗚！」

「嗚～哇……鼻水好多……」

賽爾瑟烏斯不禁退避三舍，但我依舊不停哭叫。

# 第三十四章　情報戰

我依稀看到遠方的聖哉在草紙上寫著東西。不管遇到什麼事，他都表現得一如往常，八成又是在擬定戰略吧。

我一邊哭，一邊跟賽爾瑟烏斯一起幫羅札利造墓。雖說是墳墓，其實只是賽爾瑟烏斯用大劍把地面打凹一個洞，再放進遺體蓋上土而已，非常簡陋。

「我也要在旁邊幫凱歐絲．馬其納造墓……嗚嗚。」

「好啊，這樣羅札利應該也會高興吧。」

賽爾瑟烏斯毫無怨言地陪著我。只有這個時候，我才覺得賽爾瑟烏斯比聖哉溫柔得多，對他產生好感。

後來我的眼淚終於停了。大概是哭得太久，害我不斷打嗝。我不知道有多久沒這樣好好大哭一場了。上一次是小殺死去時……不，是聖哉因天獄門的代價粉身碎骨時……話說我真的很常哭呢。記得小時候的我好像也是個愛哭鬼。

我一邊用手把土整平，一邊回想自己剛誕生在統一神界時的往事。兒時的我遠比現在軟弱，還被同時期誕生的那些神欺負過。

「嗚哇啊啊啊啊啊啊啊啊啊啊啊啊啊啊啊！」

我嚎啕大哭地回到神殿，阿麗雅就馬上衝過來。

「怎麼了，莉絲姐！」

「咿嗚！大家都說我的治癒一點用都沒有！啊嗚！連擦傷都治不好！還說我鼻水好多什麼的！嗚咻————！」

「先、先把鼻水擦掉再說……」

阿麗雅蹲下來，用手帕輕輕擦拭我的臉。

「別擔心，只要妳長大，治癒的神力也會變強的。如果再加上伊希絲姐大人的神界特別處置法，一定會更——」

「可是，大家都說我不配當女神！」

阿麗雅才剛幫我擦乾淨，結果我又哭了。哭了一會兒後，我擦擦眼睛抬起頭，就看到阿麗雅的微笑。

「吶，莉絲姐，妳知道對女神來說最重要的是什麼嗎？」

「就是不輸給任何人的強大神力……對吧？」

阿麗雅聽了緩緩搖頭。

「不，不對，對女神來說，最重要的應該是……」

「喂，莉絲妲，已經超過五分鐘很久了。」

聖哉的聲音把我的意識從過去拉回現實。

「再、再等一下啦！」

「萬一敵人打來就糟了。動作快。」

「反正馬修也因為伊古札席翁的副作用而來不了吧？沒問題的。」

「就算馬修不來，也有他的部下在，不知道會發生什麼狀況。總之快一點。」

我和賽爾瑟烏斯埋頭苦幹，好不容易把兩人都埋了。我正氣喘如牛時，聖哉用興致缺缺的表情低聲說：

「既然要埋，乾脆把遺體搬回伊古爾鎮，讓鎮上的人來埋。」

「不要！我想把她和凱歐絲．馬其納葬在一起！」

聖哉嘆了口氣後，接下來都保持沉默。

「只要開門去伊古爾鎮就行了吧！不過真的不用回冥界嗎？」

「這次不用再回冥界修練。我已經想到能安全又確實地打倒神龍王的方法了。」

聖哉很少跳過修練直接打下一場。雖然他很篤定自己能打倒馬修……但經過羅札利這件事後，我心中只剩下不祥的預感。

來到鎮上的廣場後，聖哉用認真的表情注視我。

「莉絲妲，我知道我們對扭曲世界的看法有差，不過我還是得提醒妳，不准對我的做法有意見。如果想拯救這個扭曲世界，這是最快也最好的方式。」

聖哉用比平常溫和的語氣對哭腫雙眼的我這麼說。

「……我、我知道啦。」

我點頭，聖哉對賽爾瑟烏斯下指示，要他去集合鎮上的民眾，其中也包括以前人魔聯軍的幹部。

「什麼事啊？」

「勇者大人好像有事要宣布。」

「咦？羅札利大人怎麼不在？」

廣場上包括婦女和兒童在內，一共有數百位鎮民聚集在此，大家七嘴八舌地交談著。後來聖哉假咳一聲，所有人立刻鴉雀無聲。聖哉罕見地用帶有感情的聲音勉為其難地開了口：

「羅札利她……在龍王母戰中犧牲了寶貴的性命……」

在片刻的沉默後……

「怎、怎麼可能！」

「羅札利大人……！」

「不會吧！」

鎮民們發出悲痛的呼喊。聖哉也按住眼頭，似乎在強忍淚水。

——咦？難道聖哉也有為犧牲羅札利一事做出反省嗎？

「羅札利不惜犧牲，賭上性命和龍王母奮力一搏。直到最後，她都沒有讓自己戰帝女兒的身分蒙羞。」

聖哉咬緊牙關，用沉痛的表情面對民眾。

「羅札利確實死了。這是無庸置疑的事實。」

人群中有人哭到倒下。在凝重的沉默中，聖哉靜靜地對眾人開口。

「神龍王馬修．德拉哥奈特的力量非常強大。現在羅札利走了，光憑我一人是無法贏過神龍王的，所以我極需各位的幫忙。」

唔！啥？聖哉竟然向鎮民求助！

我和賽爾瑟烏斯大吃一驚，面面相覷。之後聖哉直白地說：

「不知各位之中是否有志士能繼承羅札利的遺志，跟我一起戰鬥，一起拯救世界呢？」

勇者的演說讓現場的年輕人一陣譁然。

「拯、拯救世界……！」

「羅札利大人的遺志，就由我們來繼承……！」

突然有幾個年輕人衝到聖哉面前。

「請儘管差遣我吧！這條命死不足惜！」

「我要為羅札利大人報仇雪恨！」

「這樣啊，很好很好。」

聖哉滿意地點點頭，又用正氣凜然的聲音高聲對鎮民們說：

「聽好了，勇者不只我一人。凡是敢挺身對抗神龍王，將生死置之度外的人——全都是勇者。」

「我、我們是……！」

「勇者……！」

男人們發出歡呼！面對情緒激昂的群眾……我打心底感到恐懼！

不、不對！他根本沒有反省！他只是用言不由衷的話在煽動鎮民！

我忍不住跑近聖哉，對他耳語：

「你該不會打算讓鎮民跟馬修戰鬥吧！」

「我必須儘量避免跟拿伊古札席翁的馬修直接戰鬥。」

「避免……那你到底要怎麼打倒馬修？」

「首先解除伊古爾的結界，把馬修誘來鎮上，之後再啟動結界，讓他跟龍人部下分隔開來。」

「要、要是這麼做的話，會犧牲伊古爾鎮的鎮民啊！」

聖哉露出像在說「那又怎樣」的表情。

「在我安全地解決馬修時，必須有人代替羅札利當肉盾——所以我需要很多人組成『人牆』。」

「唔！這不是大反派才會做的事嗎！」

「他們只是虛幻世界的幻影居民，根本用不著在意，而且妳也保證過不會干涉我的做法吧。」

「可、可是……」

聖哉不理會我，再次環顧民眾。年輕人的興奮之情仍未冷卻，正七嘴八舌地交談著。

「我們……是勇者……！」

「可以幫忙拯救世界了！」

「龍人是我的殺父仇人，我要親手宰了他們！」

聖哉的話很有感染力，讓群眾陷入激昂的情緒，不過當中也有人感到猶豫。

「我怎麼可能當勇者……一般的人類是打不過龍人的……」

聖哉用溫柔的語氣對某個似曾相識的軟弱青年開口：

「你叫什麼名字？」

「我叫傑米，以前在艾多納鎮經營水果店。」

「那麼傑米，你就是勇者一號。」

「唔！我、我是這個鎮上的……第一個勇者嗎！」

「沒錯。」

「喔喔喔！」鎮民歡聲雷動。在眾人熱切的注視下，傑米一改剛才的軟弱態度。他臉部漲紅，呼吸急促。

「我、我太開心了！」

「很好，勇者傑米，你要漂亮地打敗神龍王喔。」

「我會賭上性命努力的！」

聖哉又向圍在附近的民眾搭話。

「你叫什麼名字？」

「我叫梅爾賓！」

「很好，你就是勇者二號。」

「感、感激不盡！」

「我、我叫托尼歐！」

「我叫喬！」

「嗯，你們都是勇者了。」

「太棒啦啊啊啊啊啊啊啊啊啊！」

聖哉就這樣把伊古爾鎮的鎮民一個個封為勇者。但封了幾十人後，聖哉喃喃自語：

「……麻煩死了。」

聖哉接著指向排成一列的鎮民說：

「這一排從右到左都是勇者了。」

唔！他開始勇者大拍賣了！太隨便了吧！

我的感覺已經超越驚訝變成傻眼。這時突然有人推開那些男人，擠到聖哉面前。那是將頭髮梳成雙辮的女孩——妮娜。她眼角泛著淚光。

「我、我……我也能為已故的羅札利大人做些什麼嗎！」

「哦，有這份志氣真了不起。女人當然也能盡一份力了。」

「我隨時聽候您的差遣！」

「妮娜，我也要賜予妳勇者之力。」

聖哉將妮娜一把抱過去，吻上她的唇……喂————！

我不禁錯愕！妮娜也整個愣住！

「勇、勇、勇者……大人？」

「妳現在已經獲得不輸壯漢的強大力量了。」

妮娜用迷茫的神情按著自己的唇，然後像恍然大悟般喃喃開口：

「真、真的耶！我覺得體內深處好像多了一股不可思議的力量呢！」

旁觀的男人們交頭接耳。

「雖、雖然看起來像接吻……但好像不是呢。」

「笨蛋！勇者大人怎麼可能做這麼不檢點的事！他是要分享神聖的力量！」

這時突然有許多女人朝聖哉蜂擁而來。

「勇者大人！請您也賜給我力量！」

「人家也要！」

「拜託，請吻我啊啊啊啊啊啊啊！」

從年輕女孩到中年婦人，全都在聖哉面前排成一排。這宛如偶像簽名會的隊伍，讓我和賽爾瑟烏斯看了都發抖。

「吶、吶，賽爾瑟烏斯……！那個吻難道是……！」

「嗯，絕對沒錯！那是感染致死咒啊！」

「聖、聖哉！你過來一下！」

我們把聖哉拉出隊伍逼問。

「剛才那個就是你給羅札利的死亡之吻吧！」

「當然是了……啊，你們不用擔心，我只是在做正式上場前的準備，要等到我下特定指令後才會發動。」

「我不是擔心那個！我是說——」

「難道是發動條件嗎？放心吧，我設定成所有感染者共用一個感染致死咒。換句話說，只要大家努力一點，讓打馬修的次數合計有六十六次就好。」

「我都說不是那個了！」

「喔，妳是擔心一般人連接近馬修都辦不到嗎？不要緊的，雖然我無法把所有人變透明，不過只有幾個的話倒是可以。雖然可能有一半以上在接近馬修前就會死，不過要攻擊馬修六十六次讓他得病的機率，並非完全是零。」

我和賽爾瑟烏斯都啞口無言。不、不行，這個勇者……竟然連女生都要拿來當肉盾！真是爛透了！

在那之後，我繼續看著聖哉拚命跟一大堆不知道是誰的女性接吻。就各種層面來說，我都受夠了。

等到排親親的隊伍消化完後，那些女人都臉頰緋紅，像作了一場美夢，完全不知道自己成了病原體。

「好厲害！好像有股力量湧上來呢！」

「我也是！體內湧進了某種難以形容的感覺呢！」

——呃，那是詛咒的病毒啦！

但我也沒辦法這麼喊出來。聖哉對女性施加感染致死咒後，再度面向群眾。

「各位，仔細聽我說。坦白說，神龍王極為強大，有些犧牲也是在所難免。」

那些為當上勇者而興奮的人聽到這句話，全都變得鴉雀無聲。這時，聖哉突然往我背後推了一把。

「哇！」

我一時慌了手腳，群眾的視線看得我如坐針氈。咦、咦！等一下，現在是要幹嘛！

「不過，我們這邊有救世的女神在，我們有女神的加護。」

聖哉一吹捧我，群眾就發出「喔喔——！」的歡呼聲。聖哉指著我繼續說：

「你們看啊，真正的女神，模樣是如此的神聖，那形同偶像崇拜的聖天使教根本望塵莫及。」

「聽、聽勇者大人這麼一說，還真的很美呢……！」

「這正是天上的女神大人啊！」

——嗚嗚……！

我正感到困惑時，聖哉又指向賽爾瑟烏斯。

「而且還附帶劍神的加護喔。」

「唔！我、我是附帶的嗎！」

賽爾瑟烏斯不禁大叫，但民眾的情緒依然高昂。聖哉又繼續說：

「只要有這兩位神的加護，我們就無所畏懼。即使最後戰死，靈魂也一定能升上天國。說得極端一點，你們就想成人生是死後才開始吧。」

「人、人生是死後才開始……？雖然完全聽不懂……但感覺就是這樣沒錯呢！」

「我也是！我開始覺得死並不可怕了！」

我按捺不住，對賽爾瑟烏斯耳語。

「怎、怎麼好像變成某種邪教了？」

「的確很像！聖哉先生或許是想藉此對抗聖天使教吧……！」

聖哉用莊嚴的語氣對被洗腦的鎮民宣布：

「我們與神龍王的聖戰，將在明日進行。」

——咦咦咦咦咦咦咦！明、明天嗎！

賽爾瑟烏斯也大吃一驚，走到聖哉身旁偷偷問他。

「我、我說聖哉先生，明天就打不嫌太快嗎？不先訓練一下鎮民嗎？」

「一般來說的確應該好好訓練，不過這些人是沒什麼成長空間的烏合之眾，只要當人牆擋在馬修前面就夠了。我主要的目的是用人海戰術製造混亂，再趁機暗殺馬修。就算來到最糟的情況，也可以用小隕石飛來衝（Meteo Strike）把整個鎮連馬修一起毀掉。」

聖哉若無其事地說完他可怕的計畫後，用冷酷的眼神瞥了民眾一眼。

「不過我還是得指導他們怎麼列隊，這樣才能成為完全照指令走的棋子。」

聖哉這麼說完，花了約一小時指導鎮民練習行進和列隊。結束訓練後，聖哉站在鎮民面前，對學會整齊列隊的民眾高聲說：

「很好，那就一起來吧……預備，喊。」

他像指揮般打出暗號，民眾齊聲高喊。

「「「「一切準備就緒！」」」」

「唔！這傢伙，竟然讓鎮民幫自己說出招牌臺詞啊啊啊啊啊啊啊啊啊！」

然而，就連我的這句吐槽，最後也淹沒在被群眾的激情所炒熱的氣氛中。

# 第三十五章　神性

我們來到鎮上的旅社。聖哉熟門熟路地幫我和賽爾瑟烏斯安排好房間，接著就昂首闊步地走回自己的房間。

我本來想去追聖哉，賽爾瑟烏斯卻一把抓住我的肩膀。

「莉絲妲，別去。」

「我也有在忍耐啊！但還是到極限了！他實在太亂來了！」

我把累積的鬱悶一股腦兒地發洩出來後，賽爾瑟烏斯卻難得用嚴肅的表情注視我。

「可是，小烏諾和杜艾也說聖哉先生是正確的吧。」

「怎麼會是正確的！把同伴當成棄子，把鎮民當成肉盾……世上哪有這種勇者啊！」

賽爾瑟烏斯用望向虛空的眼神說：

「看到他殺了羅札利後，我深切感受到那個人是我們模仿不來的。」

「那種冷血勇者，誰模仿得來啊！」

「我不是這個意思。我只是單純覺得他很厲害。畢竟那種事一般人做得來嗎？就算知道那是幻影，還是沒辦法那麼做的。這大概是決心不同吧。」

「決心？」

「就是一定要讓這世界恢復原狀的決心。雖然乍看之下很冷血，但他最清楚現在該做什麼吧。」

「連、連你也這麼想嗎？」

「要救這個世界，就必須殺死馬修，這是無法改變的事實對吧？所以我們只要默默旁觀就好。妳不是也想讓神界快點復原，好再見到阿麗雅大人和伊希絲妲大人嗎？」

伊希絲妲大人溫柔的微笑在我的腦海中浮現。還有阿麗雅、雅黛涅拉大人……一想起那些跟我要好的神，對聖哉的憤怒就漸漸平息，取而代之的是悲傷和揪心的感覺襲上心頭。

「說得……也是。」

我一個人緩緩踱步到房門口，無精打采地開了門，然後在角落的桌子前坐下。

——感覺好迷惘，真的只要默默服從聖哉就行了嗎？

賽爾瑟烏斯說得沒錯，聖哉是抱著堅定的決心在拯救世界。即使做法很冷酷，也是為了要確實地打倒神域的勇者和梅爾賽斯。這一點我很清楚，可是……

我從行囊中拿出馬修的頭巾。在下界魔神化會無法克制衝動，有出糗的風險，所以只要精神上感到疲倦，我就不想讀取殘留意念。

——不過，反正現在這裡只有我……應該不要緊吧？

我透過深呼吸做好心理準備，然後變成魔神。大概是因為附近都沒人，我的精神狀態算是穩定。我緊緊握住頭巾，集中精神讀取馬修的意念。

……此時映入眼簾的，是一片焦黑的原野。龍人們四處逃竄。在他們的頭上有一大群蒼蠅怪物，如雲霧般遮蔽天空。蒼蠅陸續降落，扛起龍人往地面丟。

「……只靠我的神龍化不夠嗎？」

我忽然聽到熟悉的馬修的聲音。少年模樣的馬修站在懸崖上。他仰望天空，咬牙切齒，在他身旁的是年幼的艾魯魯以及龍王母。

——艾魯魯……她還活得好好的！不，等一下！這個地方……該不會就是……

「你能在短時間內精通神龍化，真的非常優秀。不過那些蒼蠅已經攻進龍之鄉，光靠這樣是擋不了牠們的。」

艾魯魯低下頭，渾身顫抖。過了一會兒後，她看似下定決心，抬起頭露出微笑。

「交、交、交給我吧！我來變成聖劍伊古札席翁！所以馬修……就請你拯救這個世界吧！」

「艾魯魯……！」

龍王母將下定決心的艾魯魯帶上懸崖頂端。從上面往谷底看，那裡是一片黑暗深淵。沒錯……他們準備要舉行將艾魯魯推落谷底，把她的肉體變成伊古札席翁的「聖劍之儀」。

「去吧，艾魯魯！快捨棄生命，變成伊古札席翁吧！」

「我、我還是……不希望妳這麼做……！」

馬修狀甚痛苦地搖頭。艾魯魯握住馬修的手。

「雖然勇者不來蓋亞布蘭德，不過對我來說，馬修你就是勇者！」

艾魯魯的手和身體跟馬修分開了。

「馬修……你要拯救世界喔……」

即使眼角泛淚，艾魯魯仍帶著堅定的微笑……縱身跳入谷裡。

「艾魯魯！」

馬修發出慘叫聲，哭倒在地，龍王母則將手放上他的肩膀。但過了一會兒後，龍王母露出不解的表情。

「為什麼？為什麼伊古札席翁沒出現？難道說……」

馬修和龍王母沿著山崖下到谷底。不久後，在深淵底部發光的魔法陣映入眼簾。而艾魯魯……就倒在魔法陣旁！她躺在血泊中，手腳往不自然的方向彎折！

——不、不會吧！艾魯魯……還活著嗎……！

「啊……咿……」

艾魯魯渾身鮮血淋漓，不斷抽搐，還發出呼吸不順的咻咻聲。

「天啊，這是怎麼回事！艾魯魯竟然還沒死透！」

「怎、怎麼會這樣……！」

「馬修！你來殺了她吧！快給她最後一擊！」

「我、我怎麼可能下得了手！別說了，快幫艾魯魯治療啊！」

「別傻了！艾魯魯已經沒救了！如果你真的為她著想，就馬上砍掉她的頭，讓她早點解脫！」

「可、可是……」

「看啊，艾魯魯是這麼痛苦！她不是才說你是勇者嗎！」

「嗚……嗚……」

馬修伸出顫抖的手，從龍王母手上接過劍，然後……

「嗚哇啊啊啊啊啊啊啊啊啊啊！」

馬修發出絕望的吶喊，揮下手中的劍。艾魯魯小小的頭跟身體分了家。不久後，在不可思議的力量作用下，分開的頭和身體被魔法陣吸了進去。

當艾魯魯的遺體完全消失後，魔法陣發出更強烈的光芒。一把籠罩在光之靈氣中的神聖之劍，從魔法陣裡浮現。

「哦哦！這就是伊古札席翁！能打倒魔王的最強聖劍！好了馬修，拿起劍吧！」

馬修伸出無力的手，握住飄浮在空氣中的伊古札席翁。相較於面帶激動之情的龍王母，馬修則臉色慘白。

「我……我到底做了什麼……！」

馬修瞪大雙眼，眼神空洞失焦。這時，他背後突然伸出一隻小小的手。

『馬修……我在這裡喔……』

「艾、艾魯魯……？是艾魯魯嗎！」

連我也看得很清楚。年幼的艾魯魯站在馬修身旁，如往常一樣露出純真的笑容。

「你聽到了艾魯魯的聲音嗎？對了！伊古札席翁是擁有生命的聖劍！艾魯魯並沒有死啊！」

「是、是這樣嗎！原來艾魯魯變成劍後也依然活著……！」

馬修的眼角泛出淚光。這應該多少帶給了他一些救贖吧。但這時艾魯魯的幻影突然發出呻吟，蜷縮起身體。

『啊……嗚……！』

「艾魯魯？」

『好、好痛！好痛啊，馬修！身體好像快撕裂了！』

鮮血從艾魯魯臉上不斷滴落，不久後，她的手腳也沾滿鮮血，倒在地上。不知不覺間，艾魯魯又變回掉落深淵時的悽慘模樣。

『好痛好痛好痛好痛好痛！馬修，拜託你，求求你！把魔族……把魔族殺掉！』

「馬修，怎麼了？艾魯魯她說了什麼？」

「她、她說她好痛！要我殺掉魔族！」

「原來如此。那就讓伊古札席翁吸魔族的血吧，這樣應該能減緩艾魯魯的痛苦。」

這時剛好有隻蒼蠅怪物從上空飛來。那跟數量龐大的巨蠅不同，是人型的怪物。他是聖哉用弓之女神蜜緹絲的招式打敗的蒼蠅怪物貝爾卜普。貝爾卜普望著馬修手上發出七彩光芒的劍。

「還想說怎麼有這麼奇妙的光，沒想到過來一看竟然是……嘰嘰嘰！原來如此！那就是聖劍伊古札席翁吧！」

「……你來得正好。」

馬修說完就拿起伊古札席翁，擺好架式。可是他握住劍柄的手冒出了白煙。看到馬修痛苦的表情，貝爾卜普笑了。

「蠢蛋！你承受不了聖劍的力量啦！一個連勇者都不是的小鬼，怎麼可能用得了那把劍！」

「……蓋亞布蘭德不需要勇者。」

「是喔，你終於接受現實啦？」

這時，刻印在馬修手背上的龍之紋章突然發光！紋章沿著手臂擴散，變得像刺青一樣！

「我要代替勇者……把你們魔族殺到一個也不剩！」

馬修用大劍發動猛攻，貝爾卜普飛翔閃避。他逃到離地數公尺的空中，從那裡發出訕笑。

「嘰嘰嘰嘰！真慢，真慢！我的速度是魔王軍最快的！你的劍碰不到我啦！」

以前聖哉也對貝爾卜普的速度感到棘手，為了避免近距離作戰，所以才會回神界修練弓術。不過……

「……聖天速（Full-Haste）！」

馬修喃喃自語，從我的視野中消失！他以驚人的高速跳上半空，轉眼間來到貝爾卜普面前！

「什麼……！」

貝爾卜普露出吃了一驚的表情，馬修則朝向四面八方揮起劍來，動作有點像聖哉的鳳凰炎舞斬（Phoenix Drive）。貝爾卜普瞬間化為細碎的肉片，散落在空中。龍王母發出讚嘆。

「真是太棒了！馬修，你是咱們龍族的驕傲啊！」

當龍王母誇讚馬修時，渾身是血的亡靈艾魯魯在一旁笑得開懷。

「艾魯魯，妳、妳還覺得痛嗎？」

『謝謝你，馬修！心情真好！我的心情真的好好喔！吶，以後也要讓伊古札席翁吸血喔！要帶給魔族更多更多痛苦喔！要讓他們像我一樣手腳斷掉，肺爛掉！殺吧殺吧殺光他們吧！啊哈哈哈……嘎哈哈哈哈哈哈哈哈哈哈哈哈哈哈哈哈哈哈哈哈哈哈哈哈哈哈哈！」

「……嗚。」

我對艾魯魯的笑聲感到難受，便停止讀取殘留意念。剛才看到的景象實在可怕，讓我渾身抖個不停。

……從那時開始馬修就變了。這恐怕是因為艾魯魯的亡靈不分晝夜出現，對馬修不斷耳語的關係。為了消除艾魯魯的痛苦，馬修滅掉了魔族。但即使打倒魔王，艾魯魯的痛苦仍未消失。要等到龍族以外的種族全部滅絕，她才能得救。沒錯……這其中也包括人類。

——馬修，你很難受、很痛苦吧？說得也是，不管用什麼手段，我們都得拯救馬修，讓他早點擺脫這個地獄。聖哉的確是對的。

『……莉絲絲。』

忽然有個懷念的聲音呼喚我。年幼的艾魯魯站在我身旁，但這次我並不驚訝，因為我知道那是我心中生出的幻影。

「消失吧。妳只是我的妄想而已。」

『莉絲絲，聽我說，莉絲絲。』

「真正的艾魯魯是那個因劇痛而人格崩壞的亡靈，我不想承認那一點，所以才會創造出妳。」

『不是的，莉絲絲。』

艾魯魯的幻影揉著眼睛，抽抽噎噎地哭了起來。

『再這樣下去，聖哉不但救不了蓋亞布蘭德，甚至在之後的世界也一定會——』

我朝艾魯魯的幻影一瞪。

「快消失吧！」

『拜託妳，莉絲絲……救救……馬修啊……！』

「我、我不是要妳消失嗎！」

我拿起床上的枕頭丟艾魯魯。枕頭穿透幻影，擊中牆壁。

等我回過神時，地上只剩掉落的枕頭，艾魯魯已不見蹤影。

第二天。

聖哉一大早就叫鎮民到廣場集合，進行最後的調整。等太陽升到正上方時，聖哉把鎮上的男女老幼都叫到鎮外，要他們像軍隊般排出整齊劃一的隊伍，然後用銳利的眼神看著他們。

「接下來即將進行跟神龍王馬修・德拉哥奈特的聖戰。不須畏懼死亡，勝利是屬於我們的。」

男人們振臂歡呼，像在應和聖哉的話。連小女孩也把戰爭的可怕拋在腦後，雙眼熠熠生輝。

「唔——這就是所謂的精神控制嗎？」

賽爾瑟烏斯在我身旁喃喃自問。經過昨天和今天的洗腦，鎮民已經化為照聖哉的意思行動的棋子。

「那就各自就定位。」

眾人作鳥獸散，跑去建築物的陰影處躲藏。直到剛才還鬧哄哄的伊古爾鎮，現在乍看之下宛如鬼城。賽爾瑟烏斯靠近聖哉，小心翼翼地問：

「聖哉先生，再來要怎麼把馬修引到這裡？」

「很簡單，馬修已經抵達這個鎮的附近。他是來視察派駐這裡的龍王母軍，確認他們目前的狀況。」

「咦？您怎麼會知道？」

「我放出的鳳凰自動追擊正在這個大陸的上空盤旋，從遙遠的上方監視馬修。」

跟馬修第一次見面時，聖哉曾放出數量多得誇張的鳳凰自動追擊。原來那麼做的主要目的是監視敵情。那些鳳凰應該是分散在蓋亞布蘭德的各個角落，從空中俯瞰馬修的位置再通知聖哉吧。

「我還以為他會率領龍王母等級的幹部及數萬名士兵，從巴哈姆特羅司浩浩蕩蕩地進軍……但不管看了幾次，他都是隻身一人。怎麼會有這麼膚淺又愚昧的傢伙呢？這下子勝算又更大了。」

得知馬修的周圍沒有護衛後，聖哉帶著從容的表情喃喃開口：

「那接著就來解除伊古爾的結界吧。」

聖哉雙手合十，開始詠唱咒語。我看了嚇一跳。
「聖、聖哉，你會解除嗎！」
「嗯，我從鎮長口中問到方法，已經會了。」
到底是什麼時候學會的……我正感到驚訝時，突然響起類似地鳴的聲音，圍繞伊古爾鎮的牆壁產生龜裂！長年保護這個鎮，讓這裡不受龍人侵略的鐵壁結界——隨著玻璃破碎聲輕易地解除了！原本看不到的四周景色忽然都看得到了。呈現在眼前的，是魔族和龍族大戰後的慘況。
「神龍王！我剛才解除了覆蓋伊古爾的結界！」
聖哉難得提高了嗓門大喊。在他的視線前方，出現一個孤零零的身影。
「你這傢伙……！」
——是、是馬修……！
聖哉似乎透過鳳凰自動追擊的眼睛，掌握到了馬修的行蹤，但我和賽爾瑟烏斯還是感到錯愕。原、原來馬修已經離鎮上這麼近了！
馬修距離聖哉僅十幾公尺。他用混濁的眼眸看向聖哉。
「是那些煩死人的火鳥曝露了我的行蹤嗎？你這傢伙真令人火大。」
「這次我既不逃也不躲。咱們來一決勝負吧。」
「好極了……！」

在沙沙的腳步聲中，馬修從腰際的劍鞘拔出伊古札席翁，朝我們走來。聖哉喃喃自語：

「他是直腸子的性格，而且我之前逃走便惹惱了他，要把他引進鎮裡很容易。」

馬修的理智或許會懷疑其中有詐，但結界終於解除……痛恨的勇者近在眼前……加上能制止他的參謀龍王母已遭到討伐……一切都按照聖哉的計畫進行。

「來吧，馬修，這個鎮將是你的葬身之處。」

我能感覺到聖哉充滿自信。鎮民組成的人牆與病原體——不，聖哉一定還有其他計謀瞞著我和賽爾瑟烏斯。現在的伊古爾鎮，已化為完美無比的陷阱。

——沒、沒關係！只要馬修死了，這個扭曲世界也會消失！所以，這樣就好……

我一邊說服自己，一邊看著馬修步步逼近，表情猙獰。這時，馬修的背後出現人影。成年艾魯魯的亡靈伸出沾滿鮮血，彎折扭曲的手，抱住馬修的肩膀。

『馬修……殺吧殺吧殺吧殺吧……好痛好痛好痛好痛好痛……』

艾魯魯的聲音想必經常迴盪在馬修腦中吧。一般人的精神是很難忍受這種折磨的。隨著歲月流逝，馬修的心應該也受到侵蝕，逐漸崩壞。

——馬修他……不斷聽著艾魯魯扭曲的幻影在耳畔低語，持續抱著自責的念頭……結果導致精神崩壞，開始殘殺人類……

雖然馬修變得如此凶神惡煞……那模樣還是在我眼中跟天真無邪的年幼馬修重疊在了一起。

『吶，莉絲姐，求求妳救救我，救救我吧。』

想起那個熟悉的馬修嚎啕大哭的樣子，我的心不禁揪成一團，兒時的記憶也再次甦醒。

當我受其他神欺負，為此哭泣時，阿麗雅邊摸我的頭，邊這麼告訴我。

「聽好了，莉絲姐，女神有更重要的東西喔。」

「重要的……東西？」

「是從妳誕生時……不，是早在妳誕生為女神前，就已經擁有的東西。」

阿麗雅對我微微一笑。

「請別忘了自己溫柔的心喔。」

民眾組成的軍隊正躲在聖哉背後，鎮上也設下了許多陷阱。一旦把馬修引進這裡，我方的勝算可說是百分之百。

即使如此，我還是朝著馬修大喊：

「馬修，別過來！這裡有陷阱！」

# 第三十六章　靈魂的記憶

「……真不敢相信。」

聖哉用驚愕的語氣喃喃開口：

「喂喂，莉絲妲！妳到底是站在哪一方啊！」

賽爾瑟烏斯扯開嗓門大喊，但我的視線仍牢牢固定在距離這裡數公尺的馬修身上。馬修停下腳步，一臉狐疑地望著我。

「妳說有陷阱？那種事不用妳說我也知道。我不在意，我會立刻把他砍成碎片。」

「別小看聖哉！他的陷阱比你想的多上十倍……不，甚至百倍！只要進到鎮裡，你一定會被殺的！」

「妳是敵人，為什麼要告訴我這種事？」

「那、那是因為……」

「妳到底是怎樣？」

「因為……因為馬修你很可憐啊！」

就在我大叫的同時，整個人突然往後用力飛了出去。原來是聖哉以超乎尋常的力道拉了我一把。

「已經夠了，閉嘴。」

聖哉完全不看我，只是冷冷地這麼說。我的背撞到地面，強大的撞擊力讓我一時無法言語。賽爾瑟烏斯跑來聖哉身旁。

「聖、聖哉先生！接下來該怎麼辦？」

「都到了這種地步，馬修應該也會起疑心，不進鎮裡了。」

聖哉這時終於回頭，對我投以輕蔑的眼神。

「我本來就猜到妳多少會妨礙我，但沒想到妳竟然這麼蠢。」

「嗚嗚……」

「攻略扭曲世界不需要妳。以後開完門後，妳就去旅社待命。」

聖哉的語氣並不凶，但我能感覺到他非常憤怒。聖哉保持冷靜的態度，對賽爾瑟烏斯說：

「不過這不成問題。我當然也有想到馬修沒被引進鎮裡，必須在鎮外戰鬥的可能性。」

聖哉一彈手指，左右兩旁的草叢就忽然沙沙作響，跑出伊古爾鎮的居民！

——什麼！這、這代表早在解除結界前，鎮外就已經安排好伏兵了嗎？

人魔聯軍的幹部中也有魔法師。難道是聖哉請對方用移動魔法陣帶鎮民出來，事先配置在這裡嗎？雖然詳情我不清楚，但聖哉的老謀深算讓我渾身一震。為了確實獲得勝利，他仔細地設想了各種可能的情況。就算馬修和伊古札席翁再怎麼具威脅性，也終究敵不過這個勇者吧。

「賽爾瑟烏斯，你去把在鎮上待命的人集合來這裡。告訴他們戰場改到鎮外了。」

「好、好的！」

賽爾瑟烏斯像忠實的部下開始奔走。原本躲起來的六名伏兵圍住聖哉保護他。馬修看到這些只穿戴鎖子甲的民兵，不禁笑了。

「你拿鎮上的人類當肉盾嗎？真不敢相信你是勇者。蓋亞布蘭德現在又不是處於危急存亡之秋，卻偏偏挑這時候冒出來，難道你是沒自信能打倒魔王嗎？」

「蓋亞布蘭德我來過了，而且我也拯救了世界。」

「你沒有。」

「我有。」

「你根本沒來過。」

「我來過了。」

「……你這傢伙！」

「我有來過，也救了，不過那是真正的世界，跟這裡不一樣。這裡是虛幻的世界，而你是不值得存在的扭曲幻影。」

「你別開玩笑了！」

就在兩人爭論不休時，賽爾瑟烏斯帶了幾十個人趕來。除了武裝的男性外，還有妮娜和其他被施加感染致死咒的婦女們。聖哉看著人們陸續集合而來，默默點頭。

「呿，原來是用無聊的對話來爭取時間嗎？不過這些傢伙這麼弱，不管來幾個都無濟於事。那個笨女人不是打亂了你的計畫嗎？這樣你要怎麼打贏我和伊古札席翁？」

馬修語帶嘲諷，聖哉則用銳利的眼神看他。

「一切準備就緒。」

「……你這傢伙，我一定要狠狠修理你。」

馬修往地上「呸」一聲吐了口水。突然間，一雙血淋淋的纖細手臂從他背後出現。艾魯魯的亡靈纏上馬修。

『殺啊，馬修……！把人、神……以及勇者統統殺了……！』

「啊，我知道。」

亡靈發出「嘻嘻嘻」的笑聲，像溶於空氣般消失無蹤。馬修朝聖哉接近，身上散發出驚人的霸氣。

「我就讓你見識一下，這能讓一切小手段失靈的壓倒性力量──我的極龍化。」

馬修也像龍王母一樣會極龍化！到、到底會是怎樣的變化呢？

而另一方面，聖哉一邊留意馬修的動向，一邊從容不迫地對民眾發出號令。

「各位，現在就為了世界奉獻自己的生命吧。」

「「「是！」」」

鎮民神情緊繃。馬修和聖哉進入對峙。無形的憎惡彷彿在兩人之間激烈翻騰。

我再也無法忍受，猛搖身旁的賽爾瑟烏斯的肩膀。

「不對！這樣果然不對！聖哉和馬修不該互相憎恨啊！」

「莉絲妲！妳就安分一點吧！」

我想衝出去。賽爾瑟烏斯抓住我的手，卻被我甩開。艾魯魯的聲音在腦中迴盪。

『再這樣下去，聖哉是救不了世界的。』

這或許是我的妄想，不過……我還是覺得聖哉錯了！我不知道錯在哪裡！我想知道真相，也想讓聖哉知道真相！可是，我該怎麼做才好……！

在我衝向兩人的途中，羅札利的臨終遺言掠過腦海。

『但在我心中，妳仍然是女神。』

——羅札利……！

我在距離聖哉和馬修不遠的地方停下腳步，回想著羅札利帶著微笑逐漸死去的容顏，將拳頭緊緊握起。

——如果……如果我真有女神之力……！請現在就顯現出來吧……！

「屬性轉換（Conversion）！」

我幾乎是下意識地喊了出來。變成魔神後，我閉上眼睛，雙手合十祈禱。

——阿麗雅……伊希絲姐大人……！請你們救救聖哉……救救馬修吧……！

……突然間，四周的喧囂遠去，原本殺氣騰騰的氣氛變得靜謐祥和，從某處傳來小鳥輕柔的啁啾聲。我緩緩睜開眼睛。

「咦……！」

我和聖哉本來應該在廣闊的草原上跟馬修對峙，現在卻在狹窄的房間內兩人獨處。旁邊放著看似廉價的床鋪和質樸的桌子，景象似曾相識。

——這裡是……旅社？

「搞什麼……」

聖哉頻頻往四周張望。他平常總是泰山崩於前面不改色，現在卻毫不掩飾臉上的慌亂。

「喂！莉絲姐，這是怎麼回事？」

他一看到我就抓住我。

「這是妳搞的嗎？妳到底做了什麼？這裡又是哪裡？」

聖哉本來要揪住我的領口……但他大概是太混亂了，竟然抓住我一邊的胸部！

「哇！你、你摸了我的胸部啊啊啊啊啊啊！」

「妳在耍我嗎！快讓我離開這裡！我要快點回去！」

「嗚噢噢噢噢噢噢！我沒有要耍你的意思，而且胸部好痛啊啊啊啊啊啊啊啊！快被你捏掉了啦啊啊啊啊啊啊啊啊啊啊啊！」

感情外露的聖哉很可怕，被捏住的胸部又痛得要命，讓我忍不住哭叫起來。

「啊哈哈哈哈！」

這時，我聽到開心的笑聲。那聲音很耳熟。我回頭一看，在房間角落的床上，不知何時坐了一個身材嬌小的紅髮女孩。

艾魯魯看著我和聖哉，露出微笑。

「不要緊的，聖哉，這裡是和蓋亞布蘭德不同的世界。」

「……是艾魯魯嗎？」

「放心啦，另一邊的時間是靜止的！」

聖哉放輕抓住我胸部的力道。他盯著艾魯魯看了一會兒，開口問她：

「妳是……不……這裡到底是什麼地方？」

「唔──我頭腦不好，不太知道該怎麼說明……應該算是馬修內心的另一個深處吧。」

聖哉似乎陷入了沉思，皺起眉頭不發一語，我便代替他發問：

「內心深處──也就是潛意識嘍？」

「嗯，你們能來這裡，是靠莉絲絲妳的力量喔。」

「我的……？」

「因為妳試圖要救馬修啊。」

在艾魯魯手指的方向上，不知何時多了個人影。之前桌子旁的椅子上明明沒人，現在卻坐著我們熟悉的馬修。他站起身，哭著走向我們。

「對不起，師父。對不起，莉絲姐。啊，我對不起大家，竟然做出這種事……」

聖哉帶著戒心注視馬修，接著又突然回頭瞪我。

「不，等一下，這都是莉絲姐讓我看到的幻覺……」

「我、我都說不是了！」

一臉狐疑的聖哉靠近馬修。

「喂，馬修，我要確認一下。用只有我們知道，莉絲姐不知道的祕密。」

「師、師父？」

「以前我有教過你戰鬥的心法吧。『要懷疑眼中看到的一切，連親兄弟也要當成敵人提防，而且我也懷疑你』……還記得吧。」

「喔，嗯！當然記得！」

「那你把後面那句說出來。」

——咦咦！那句話還有後面嗎！到底是什麼！

馬修有點猶豫，但還是說了。

「『對莉絲姐當然也要存疑』！」

「唔！不，你怎麼這麼教他啊！我可是女神耶！」

我忍不住吐槽，但聖哉似乎終於釋懷，一臉嚴肅地點點頭。

「嗯，看來應該不是莉絲妲的妄想。」

就在這時，馬修背後突然冒出一雙血淋淋的手！年幼的艾魯魯臉上充滿絕望。

「怎麼可能……竟然在這時候出現……！」

一片黑暗在馬修背後擴散開來。長大成人的艾魯魯從黑暗中伸出手，環抱馬修的肩膀。

——艾魯魯……有兩個？

『馬修……殺吧……把人和神和勇者都殺了……！』

「不，我不要我不要我不要我不要！拜託妳住口！」

馬修塞住耳朵，極力不去聽渾身是血的艾魯魯說話，還不斷哭叫。聖哉目不轉睛地看著他們。

「莉絲妲，那就是妳以前提過的艾魯魯的精神體嗎？」

「你看得見嗎，聖哉！」

「嗯。」

看來在這個空間裡，聖哉也看得到艾魯魯的亡靈。幽魂般的艾魯魯從深邃的黑暗中爬出來，企圖把馬修也拉進去。

『馬修啊啊啊啊啊！快點！好痛好痛好痛好痛好痛好痛啊！』

「救、救救我，莉絲妲……！救救我，師父……！」

馬修朝我們伸出手。他的身體已經有一半以上跟黑暗同化。年幼的艾魯魯一臉懊惱地低下頭。

「只要那個一出現……我就無能為力了……那個是來自跟我們不同的世界……我連碰都碰不到它……」

「怎、怎麼這樣！」

「沒有人……對付得了它……」

馬修的身體被逐漸拖進黑暗中。我束手無策，只能乾瞪眼。但就在這時……拔劍出鞘的金屬聲突然傳進我的耳裡。

聖哉拿著光輝耀眼的劍，朝黑暗橫砍過去。只見劍光一閃，起初我還不知道發生了什麼事，但到了下一秒……漆黑的黑暗被切開，馬修的身體得以脫離！

「這是……聖、聖哉？」

「這是能劈開空間的光子之刃——次元裂光斬（Dimension Blade）。」

聖哉注視著裂開的黑暗深處。艾魯魯充滿怨恨的叫聲陣陣傳來。

『喔喔喔喔喔喔喔喔……可惡可惡可惡可惡啊！』

那叫聲刺耳無比。之後聲音漸行漸遠，黑暗如漩渦般邊旋轉邊消失。

「……馬修！」

年幼的艾魯魯衝向馬修。馬修雖然呼吸紊亂，表情痛苦，但至少人平安無事。艾魯魯抬頭仰望聖哉，眼淚撲簌直落。

「聖哉……你又救了馬修呢，就像他被死亡馬古拉抓走時一樣。而且……你也同樣拯救了我……」

「妳還記得當時的事嗎？」

「跟聖哉一起去冒險的經過，我全都記得喔，馬修當然也是，不過回到現實之後就會忘了。」

「竟然有這種事……」

聖哉一臉錯愕，喃喃自語。馬修哭著撞在他胸前。

「師傅！對不起，對不起，對不起！我並不想這麼做啊！這十年來我都好痛苦，好難受啊！」

——馬修……！

自從被艾魯魯扭曲的亡靈纏上後，馬修的潛意識……不，是靈魂一直在哀號吧。艾魯魯也帶著微笑以手拭淚。

「不過當我們有難時，聖哉總是會來救我們呢。」

「謝謝您，師父，謝謝！」

「……不，不是我。」

聖哉對著哭成一團的兩人靜靜搖頭，並瞥了我一眼。

「是那傢伙說即使是幻影也要救的。」

「啊哈哈，畢竟莉絲絲很溫柔嘛。」

聖哉從我身上移開視線，重重地嘆了口氣。沉默半晌後，他靜靜低語：

「是我搞錯了藏在扭曲蓋亞布蘭德的萬惡之源，而且……」

「聖哉？」

「『即使存在於無數個世界中，靈魂依舊能超越時空，同時知曉一切』——我在行動前應該先考慮到這種可能性才對。」

聖哉走近艾魯魯和馬修……接著低頭一鞠躬！真令人不敢相信！

「很抱歉。」

「唔！聖、聖、聖、聖、聖哉居然道歉啦啊啊啊啊啊啊啊啊啊啊啊啊啊！」

第一次看到聖哉這樣，我不禁尖叫。艾魯魯也跟我一樣驚訝地大喊：

「咦！聖哉竟然會道歉！好稀奇喔！」

「我也做了對不起羅札利的事，不知道她的靈魂有沒有受傷……」

聖哉一反常態，神情變得頹喪。艾魯魯對聖哉微笑。

「你完全沒有錯啊，你也是用自認最周全的方式在拯救蓋亞布蘭德，對吧？」

「嗯，可是……」

「你沒必要道歉。不過……」

艾魯魯默默地看向馬修。馬修帶著歉疚的表情，向我們低頭行禮。

「請你們務必……消除這世界的扭曲……」

艾魯魯接著露出滿面笑容。

「馬修的事，就拜託你們了。」

……一陣清風拂來，吹動我的髮絲。不知不覺間，我已經站在原本的草原上。聖哉和馬修正在遠方對峙。

「呵呵呵！我要完全解放伊古札席翁的力量！」

一股霸氣從馬修體內泉湧而出。他盔甲崩裂，身體也產生變化。只見他嘴裡長出尖牙，龍之紋章如刺青擴散至全身，背後長出雙翼，模樣簡直像惡魔一樣，跟在潛意識看到的他判若兩人。看到馬修散發出的邪氣，以及強化後更適合戰鬥的外型，我不禁膽戰心驚。

——這就是馬修的極龍化！跟龍王母的變化截然不同！

「我這帶著神聖靈氣的模樣……就是蓋亞布蘭德最強大的力量！雖然副作用很可怕，不過……只要能宰了你，我才不管那麼多呢！」

神龍化的進階版——極龍化讓攻防大幅提升，加上伊古札席翁的加護後，馬修散發出的靈氣更是龐大。他發出高亢的笑聲。

「嘻哈哈哈！還記得我的話嗎？我向來說到做到！等下我就會挖出你同伴的眼睛，塞進你嘴裡！」

聖哉身旁的民眾看到變形後的馬修，紛紛露出驚慌的神情。

「多、多麼駭人的模樣啊……！」

「沒、沒關係！我們有女神的庇佑！」

「沒錯！死沒什麼好怕的！」

人民軍在周圍就定位，打算保護聖哉和我。但聖哉舉起一隻手。

「……下去。」

「勇、勇者大人？」

「你們回鎮上，這裡我來就好。」

聖哉離開一臉錯愕的民眾，朝馬修走去。賽爾瑟烏斯詫異地喃喃自語：

「咦？聖哉先生他……怎麼感覺有點變了？」

聖哉和馬修隔著一小段距離一對一對峙。馬修瞪著聖哉。

「幹嘛把護衛都撤掉？你這次又有什麼企圖？」

「神龍王馬修・德拉哥奈特——我要親手宰了你。」

「唔！呃，果然還是沒變！」

賽爾瑟烏斯大叫。呃，也對啦！「要讓歪曲的世界復原，就必須殺掉馬修」——這條件本身是無法改變的！不過……！

聖哉拿著劍，小心翼翼地提防馬修。他注視著馬修，像是在對夥伴說話的柔和神情在他臉上一閃即逝。

「……馬修。」

「啊？」

「讓你久等了。」

# 第三十七章　師徒

大概是發動了技能「聖天速」的關係，馬修在轉眼間極龍化，高舉伊古札席翁衝到聖哉面前。

「……哦，跟上一次比起來，速度和威力都是三級跳，不過這還在我的預料之內。只要提高狂戰士化的等級，要應付並不難。」

聖哉跟上次一樣交叉雙劍，擋下伊古札席翁，接著一邊後退，一邊冷靜地觀察馬修。

「開打前先問你一下，上次在納加西村見到我後，你做了哪些準備？」

「準備？那是什麼意思？」

「既然看到了我的體格和使用的技能屬性，應該夠讓你擬出對策吧？」

「不必那麼做吧，反正我有伊古札席翁壓倒性的力量啊！」

這時從四面八方傳來撥開草叢的沙沙細響。當馬修游刃有餘地使出連斬時，有幾隻火蜥蜴偷偷鑽到他腳下。馬修「咕」的一聲咂了下舌，跟聖哉拉開距離，再用伊古札席翁砍死襲來的火蜥蜴。

「雖然我叫鎮民撤退，不過你的敵人可不只有我一個。在原野上要時時對怪物保持警戒。」

「不要講這些有的沒的！」

馬修再次衝向聖哉，以驚人的臂力揮動伊古札席翁。風聲嗡嗡作響，迴盪四周。不過他大概太生氣了，動作就我這旁人來看也不夠精確。聖哉一邊持續閃避大劍，一邊對馬修開口說道：

「第一次見到你時，你就得意地吹噓伊古札席翁的技能，那是最糟糕的下下策。壓箱絕活不到最後絕不能透露。」

聖哉壓低上半身，閃避伊古札席翁的斬擊，同時賞了馬修一個掃腿，讓馬修一屁股跌坐在地。

「你、你這傢伙！」

「假如你在肉搏戰中突然發動聖天速，就連我要閃也極為困難，這樣我可能還會受點擦傷吧。」

「你這個蠢蛋！讓你看是因為你看了也沒差！反正那一招還能更強！」

馬修大喊後，跟聖哉拉開距離。他恢復從容的態度，露出挑釁的笑容。有種不好的預感竄上我的背脊。

——怎、怎麼回事？馬修的那份自信是打哪來的！

「我會把獵物慢慢逼入絕境，再狠狠痛宰對方。既然你都說成那樣了，那我就讓你見識一下，這就是伊古札席翁……不，是艾魯魯真正的力量。」

如刺青般刻在馬修身上的龍之紋章發出光芒！龐大的靈氣從伊古札席翁和馬修身上噴發出來！

「伊古札席翁跟極龍化之力合併後，聖天速會進化成『聖光神速(Giga-Haste)』——到了下一秒，你的頭就會飛了。」

「哦，竟然還告訴我瞄準的是頭嗎？真好心呢。」

「……去死吧！」

「聖、聖哉！」

——聖天速的進化版！馬修也留了一手呢！

看到伊古札席翁真正的力量以及馬修散發出的龐大鬥氣，讓我不禁臉色發青。不過……這時我突然感覺到，這四周充滿跟聖劍伊古札席翁的光之靈氣完全相反的漆黑靈氣！在馬修發動聖光神速的同時，大量的闇之手應聲鑽出地面，而且已經纏住了馬修的腳！

「你、你這傢伙……！」

馬修發現自己動彈不得，只好用劍砍，但數量實在太多，無論他再怎麼砍，闇之手照樣從地下不斷竄出，伸向馬修的腳。沒過多久，闇之手就多到將整個草原都覆蓋了。賽爾瑟烏斯看到，尖叫了起來。

「太可怕了！這是惡魔的招式啊！」

的、的確沒錯！這應該有好幾百……不，好幾千隻吧！簡直是地獄的景象啊！

在使出有違勇者形象的招式後，聖哉氣定神閒地看著馬修跟闇之手苦戰。

「聖天速進化成聖光神速——像這種程度的變化，我當然能預測到。再說不管是哪種招式，一旦把腳封住就沒戲唱了。」

聖哉封住馬修的殺手鐧，並用漠然的口吻說：

「你一開始就讓我看到原始版的聖天速，因此我能自行推測、研究這一招可能衍生出的能力，所以我才說你那是最糟糕的下下策，你應該把這一招藏到逼不得已時才用。」

「少瞧不起人了！伊古札席翁，解除術式！」

插在地面的伊古札席翁發出環狀的七彩光芒，將聖哉做的數千隻闇之手瞬間化為烏有！

——是伊古札席翁的解除能力技能！對了，馬修還有這一招！

馬修咧嘴而笑，嗆了句「怎麼樣！」。但在同時……將手臂用力往後拉的聖哉已經逼近到他眼前！

「嘎啊！」

馬修的臉頰挨了聖哉的猛烈正拳，整個人飛了出去。

「從發動解除術式到展開下個行動，中間大約有兩秒的冷卻時間。如果我剛才不是用拳頭，現在飛出去的就是你的頭。」

只、只靠以前的偵查，竟然連這種事都知道……！

馬修挨了聖哉一拳，嘴巴流出鮮血。那無法壓抑的怒火讓他的表情變得凶神惡煞。

「你的優勢也到此為止了……解除術式的效果擁有持續性！你的闇魔法已經被我封住了！」

「你在說什麼啊？剛才不過是事前準備罷了。」

聽到聖哉這麼說，我和馬修都往四周張望……並為之膽寒。闇之手的確消失殆盡，但取而代之現身的是前所未見的恐怖植物！不但三百六十度放眼所及都長滿了，還不斷扭來扭去！

「聖哉！這是什麼！」

「草原的雜草吸收闇之手的養分後，就成長成這樣了。」

「也就是說……你把闇之力給了長在這一帶的植物嗎！」

「沒錯。這不是魔法或技能，而是自行產生的新生命，所以用伊古札席翁的技能無法解除。」

有臉的植物伸出長長的藤蔓，纏繞馬修的腳。馬修揮劍猛砍，但這些外觀噁心，彷彿在魔界叢生的植物，卻是怎麼砍都能重生。

「可惡！爛透了、爛透了、爛透了，爛透啦啊啊啊啊啊啊啊啊啊！」

聖哉弄出的植物像蛇一樣纏繞馬修全身。看到聖哉將聖光神速徹底封住，我不禁倒抽一口氣。

這、這簡直像大人跟小孩對打！不管極龍化和伊古札席翁有多強大，馬修和聖哉在戰鬥上的等級仍舊天差地別！

「我要殺了你！絕對要殺了你！」

馬修表現出露骨的殺意。聖哉用嚴厲的眼神看著他。

「真是缺乏謹慎。」

——咦……聖哉……？

這是生死之戰，而且要互相殘殺，但聖哉的語氣聽起來卻像在教馬修戰鬥。

馬修氣昏了頭，衝動地亂揮伊古札席翁，但不管他砍了幾次，闇之植物都照樣重生。過了不久後，馬修發出怒吼。

「你這沒骨氣的傢伙！只要你不用這種招數，我就能馬上宰了你！」

「哦，這樣啊。」

聖哉的手冒出鮮紅烈焰。我以為他要用火焰魔法對馬修補刀，但到了下一秒，我卻懷疑起自己的眼睛。

「那就試試看吧。」

聖哉的手射出烈焰，把馬修周圍的植物燒個精光！

「聖、聖、聖哉先生！那樣不好吧！」

賽爾瑟烏斯滿臉焦急，當然我也是。如果把絆住馬修的植物全燒光，那聖光神速就會……！

闇之植物沒多久後就全部燒掉，四周僅剩一片焦土，再也沒有任何東西能阻礙馬修的行動了。

「呵呵呵……你這傢伙有夠天真的，這次就如你所願幹掉你。」

馬修握住伊古札席翁，擺出前傾的姿勢。

「聖光神速！」

馬修的身影從視野中消失！我的心跳跟著加速！

聖、聖哉會輕敵嗎？這樣真的沒問題嗎！

……空氣中火花四散，尖銳的金屬聲陣陣響起。馬修和聖哉的位置跟剛才完全互調。接著，兩人的身影又立刻消失，無數火花在空氣中亂彈亂飛。兩人似乎在用我的肉眼跟不上的速度以劍交鋒。當馬修和聖哉的身影再一次出現時，馬修放下伊古札席翁，臉上滿是錯愕。

「這……這怎麼可能！怎麼有人能跟上聖光神速的速度！」

不過我已經看穿其中的手法。聖哉雖然發動狂戰士化，身上散發的卻不是平常的紅黑色靈氣，而是七彩的靈氣。

「是小丑裘克的模仿技能！聖哉模仿了馬修的聖光神速！」

「哈哈！聖哉先生絕不會大意的！即使打近身戰，他也是以百分之百能贏為前提！」

賽爾瑟烏斯露出如釋重負的笑容……不，不對！如果是平常的聖哉，即使篤定能贏，交手時也會保留闇之植物以求完勝！他這麼做一定是為了……！

馬修在焦慮驅使下朝聖哉衝刺，聖哉則用雙劍砍他作為反擊。馬修雖然用伊古札席翁當盾防禦，仍無法擋下所有攻擊。他身上淺淺地被割傷，破皮滲血。

「我怎麼看不出劍的軌道……！這是哪門子的劍術……！」

「這是連擊劍(Eternal Sword)，一個住在神界的噁心軍神的劍法。」

——是雅黛涅拉大人的絕招「連擊劍」！……不過你也不必說她噁心吧！

聖哉連續使出連擊劍，攻勢如梅雨般連綿不絕。馬修為了躲避，只好跟聖哉保持距離。

「伊古札席翁的確是無比強大的劍，但你太過依賴它的攻擊力，怠於鍛鍊劍術及鑽研技巧。」

「住口！」

馬修原本面露慍色，但一察覺到聖哉重新握好的劍上處處龜裂時，又咧嘴一笑。

「你的劍好像承受不住你的招式和速度呢。」

「的確是，從上次的經驗中就知道了。」

「知道了又怎樣？既然無法抵擋伊古札席翁的攻擊，那你就完蛋了！」

馬修將伊古札席翁高舉過頭，攻向聖哉，但我聽到的不是砍中的聲音，而是破壞的鈍響。伊古札席翁從馬修手上滑落，聖哉的拳頭貫穿馬修的盔甲，深深嵌進他的軀幹。

「……第一破壞術式(First Valkyrie)『掌握壓壞(Shattered Break)』。」

「咕哈！」

就在這時，備用的劍從天而降，插在地上。這應該跟龍王母戰時一樣，是盤旋在空中的鳳凰自動追擊叼來的吧。聖哉緩緩撿起劍，馬修用痛苦的表情瞪著他。

「竟然是打擊技……你不是劍士嗎……」

「如果沒了劍，就只能靠自己的拳頭，所以會打擊技也是應該的。」

聽到聖哉的話，從前死亡馬古拉戰的記憶在我腦中甦醒。當時馬修對達克法拉斯壓倒性的強大深感畏懼，是因為聖哉的謹慎才找回戰意。而如今——

「你、你到底是……何方神聖……！」

馬修對聖哉心生膽怯。這時，馬修的背後冒出一雙血淋淋的手。

『馬修，快撿起伊古札席翁，殺掉勇者啊。』

亡靈艾魯魯纏在馬修身上，連連呼喊。

「殺了他殺了他殺了他殺了他殺了他殺了他殺了他殺了他！」

「……吵死了。」

馬修像是要擺脫亡靈艾魯魯的糾纏，把伊古札席翁丟著不管，直接走向聖哉。亡靈露出近似悲傷的表情。

『馬修……』

「光是砍他還不夠！我要用自己的力量揍扁他！」

馬修的眼中只剩下聖哉。他用瞬間移動般的高速逼近聖哉，與他正拳相向。

「好、好快！」

看到馬修揮出的直拳，賽爾瑟烏斯脫口這麼說。雖然聖哉靠後仰閃避了馬修的亂拳，我緊張的情緒仍持續攀升。他的拳頭威力那麼大，哪怕只擊中一次，鐵定也會造成致命傷。

——他現在明明沒受到伊古札席翁的加護，怎麼還有這種速度和威力！

馬修對聖哉的頭部使出迴旋踢，聖哉驚險閃過。馬修看沒踢中，咂了下舌，聖哉卻露出有點驚訝的表情。

「哦，你也會用打擊型的招式嗎？這點倒是值得誇獎。」

聖哉往退後，跟馬修拉開距離，再把劍收回鞘中，甩了甩手腳。

「我再奉陪一下好了。」

「混帳傢伙……！」

聖哉朝馬修勾勾手指。馬修受到挑釁，情緒更加激昂。他朝聖哉的上半身反覆揮出直拳，但這不是胡亂攻擊。馬修會先集中攻擊上半身，再突然朝聖哉的腳使出下段踢，攻擊方式非常多元。只不過，這些攻擊似乎全被看透，依舊打不中變成狂戰士的聖哉。

馬修沉不住氣，揮拳的幅度變大，聖哉也配合他。馬修的直拳擦過聖哉的肩膀，聖哉的左拳則命中他的鼻梁。

「哦哦！是反擊拳！」

賽爾瑟烏斯興奮地大叫。馬修一個踉蹌，身體一歪，是用手撐著膝蓋才勉強站著。

「我發動極龍化……而且變得比打倒魔王時還強得多……可是為什麼……為什麼這傢伙……」

雖然馬修的肉體傷痕累累，但在我看來，他精神上受到的傷害似乎更大。

「我是稱霸蓋亞布蘭德的王者！沒人能敵得過我！」

他用吶喊鼓舞自己，然後將手用力往後拉，聚集起閃爍光輝的靈氣！這股靈氣密度極高，就像將極龍化馬修的生命能量全濃縮於一點，讓我的不安直線飆高！

「黃龍掌破（Cuélebre-Loa）！」

他往地面一踩，同時用掌根打聖哉。其威力之大，連馬修腳下的土地都瞬間爆開。兩人的身影被揚塵包圍，從我眼前消失。

「聖、聖哉？」

……兩人正面互毆。這有違聖哉作風的一戰，究竟會帶來什麼結果？我屏氣凝神地靜待揚塵散去。

「怎、怎麼可能……！」

塵埃落定時，我看見表情失望的馬修。聖哉看馬修用右手使出掌擊，也配合他用右手接下。當馬修看到聖哉的手臂上刻著跟自己一樣的龍之紋章，他露出近似恐懼的表情。

「他用模仿技能模仿馬修的靈氣，將威力抵銷了！」

「不，還沒完呢！」

聽賽爾瑟烏斯這麼說，我才發現聖哉的左手上也出現了龍之紋章，纏繞之上的靈氣正發出耀眼的光芒！

「……黃龍掌破。」

聖哉的掌根陷進馬修的心窩，讓馬修弓起身子，如斷線的人偶般頹然跪下。

「用右手抵銷，再用左手出招！這是模仿技能的連發！」

「好厲害！竟然還能這麼做！」

馬修將混合血液和胃液的液體吐在地上，自嘲般地笑著。

「好強喔……這就是劣等種族……人類嗎……」

他試圖起身，又雙腳一軟倒回地上，看來可說是勝負已定。但就在那一刻，幽魂又從馬修背後冒出來。

『馬修！快撿起伊古札席翁殺了他們！快點快點快點快點！』

「妳很吵耶，閉嘴啦，艾魯魯。」

『不用伊古札席翁贏不了啊！好啦，快一點！』

「我說過了，我要直接揍扁那傢伙，不要妨礙我。」

馬修完全不是聖哉的對手，不斷承受攻擊讓他遍體鱗傷。不過在我看來，他的眼眸不知不覺恢復了以往的神采。

『為什麼……為什麼啊……馬修……』

另一方面，艾魯魯的亡靈則看似落寞地低著頭。當她再次抬起頭時，臉孔竟然整個扭曲，十分陰森。

『那麼，你已經沒用了。』

艾魯魯張開血盆大口，嘴角裂到耳際，嘴裡長著無數針狀的尖牙。然後，她咬住了馬修的喉頭。

# 第三十八章　適任者

——怎麼可能！為什麼艾魯魯要這麼對待馬修……！

馬修的脖子流出大量鮮血，倒了下來。渾身是血的艾魯魯放開馬修，彎折的手腳關節在「喀嘰喀嘰」聲中回到原位。她直挺挺地站了起來。

「那、那女人是誰！怎麼突然冒出來！」

「賽爾瑟烏斯，你也看到了嗎！」

艾魯魯用長舌頭舔了舔帶血的唇，用彷彿看著穢物的眼神俯視倒地的馬修。

「到頭來終究是冒牌勇者，只是沒想到實力的差距會這麼大……」

她接著將銳利的視線移向聖哉。

「在潛意識裡的那一砍，真的把我嚇到了。不愧是真正的勇者，難怪梅爾賽斯大人會如此提防你。」

「唔！妳、妳怎麼會知道梅爾賽斯！」

原本藏在艾魯魯體內的邪氣開始外漏。她將裂到耳際的嘴巴張得更開，「嘎嘎嘎」地大聲訕笑。

「因為時空歪曲了啊，女神莉絲妲黛。當神界因暴虐之力崩壞時，我被彈飛到十幾年前的蓋亞布蘭德。除了讓所有扭曲世界的關鍵，也就是S級世界的扭曲固定下來外，我還有另一個目的，就是等著殺掉不知何時會到來的你們。」

「妳到底是誰！」

「我是幻惑的邪神瑪利歐涅達。」

幻、幻惑的邪神！扭曲蓋亞布蘭德歪曲的原因並非只有馬修！不、不對，等一下！

「既然妳不是艾魯魯，那真正的艾魯魯呢！」

「她掉下龍穴奈落後，肉體就變成伊古札席翁了。我趁這時取代了她，扮演尚未斷氣的艾魯魯，讓馬修因為殺掉我而精神重創，我才能連他的靈魂也一起掌控。」

「從、從一開始就是妳嗎……！」

「那麼，這傢伙才是真正的最終頭目嘍！」

賽爾瑟烏斯難得露出正經的表情，拔劍出鞘。邪神對賽爾瑟烏斯的舉動產生反應，轉而面向他。

「我受到超越物理法則的暴虐的加護，加上本身身為幻惑的邪神的力量，不論是勇者、治癒的女神還是劍神，都不足為懼。」

不祥的靈氣從艾魯魯體內往外擴散。艾魯魯似乎無法承受自己的邪氣，身體急速腐朽。她身上的血肉剝落，變成空洞的眼窩鑽出像蜈蚣的蟲，腐敗的軀體也有無數蛆蟲湧出，掉落地面。

「哇，好可怕！」

賽爾瑟烏斯把劍扔開，迅速躲到我背後。我大吃一驚。

「唔！你啊，還真的是很沒用耶！」

我把視線從靠不住的劍神轉向可靠的勇者。可是……等看清楚聖哉後，我不禁感到絕望。在馬修戰中，我還沒察覺到情況有異，但現在仔細一看……他臉頰流下涔涔汗水，表情無精打采，肩膀也隨著呼吸起伏，看起來很痛苦！

「聖、聖哉！」

——長時間的狂戰士化，加上連續使用魔力消耗量驚人的模仿技能！為了拯救馬修的靈魂，聖哉的魔力和體力都快見底了！

聖哉以前也曾裝虛弱藉此欺敵，但我的直覺告訴我，這次聖哉不是出於策略，而是真的疲憊不堪！

「這下糟了，賽爾瑟烏斯！我們得想辦法才行！」

「沒錯！總之先透明化吧！」

「唔！你滿腦子只想逃吧！」

「我、我……才沒那麼想呢。」

賽爾瑟烏斯已經有一半變透明，還支支吾吾地跟我辯解。這時，聖哉氣喘吁吁地喃喃開口說道：

「你們……什麼都不必做……」

「可、可是！」

「模仿會消耗大量魔力的缺點……我已經克服了。」

「咦……？」

四周突然暗下來。我往天空一看，不禁嚇呆了。火鳥在不知不覺間聚集在聖哉頭上，數量多到有如雲霞，遮蔽了整片天空！

聖哉舉起一隻手，無數火鳥就立刻飛向聖哉，像被他的身體吸收般陸續與他同化！

「為了補充消耗的魔力，我把鳳凰自動追擊還原成靈氣吸收，現在已經恢復七成，這才是量產型鳳凰自動追擊的真正用途。」

「藉由吸收恢復魔力？竟然能這麼做啊……！」

「……呵呵。」

我突然聽到悶笑聲。馬修雖然身負重傷趴在地上，依舊抬頭望向我們。

「從當時……見到我的那一刻，就開始做這些準備……這混蛋還真不是普通人……」

聖哉吸收完魔力後，表情漠然地瞪著邪神，將拳頭弄得喀啦作響。

「即使是在扭曲世界，欺負我的行李小弟的這筆帳，我還是要算。」

可是，邪神瑪利歐涅達明知聖哉已經回復，臉上仍帶著詭異的笑容。我對聖哉大叫：

「聖哉！光之力對邪神有效！」

馬修和龍王母有光屬性，所以聖哉的闇屬性招式能發揮效果，但在邪神戰剛好相反，闇屬性效果不大，相對的，光屬性才是弱點。

「莉絲妲！聖哉先生在光屬性方面能力怎麼樣？」

聖哉會用含有光屬性的次元裂光斬，以前也向弓之女神蜜緹絲大人學了輝光弓（Shining Arrow）。但在怨皇瑟雷莫妮可戰時，他沒有學會封印詛咒的技能。換句話說，雖然聖哉在光屬性上不算弱，卻完全不會高等的光屬性魔法，不像火焰屬性一樣能完全掌握。

「沒問題！我來支援他！」

我跑到聖哉前面。沒錯！從前我透過對金神巴爾祖魯捐獻的修練，學會封印詛咒的技能了。這次就讓敵人見識一下！相信對邪神也一定有效！

「嘿嘿～！嘿嘿嘿嘿～！嘿嘿～嘿──」

「吵死了。」

「嗚嘿！」

我被聖哉踢屁股，在草原上滾了好幾圈，內褲都曝光了。

「幹嘛踢我啦！」

「妳不用幫忙。我已經在冥界完全掌握闇之力，這樣就夠了。」

「可、可是，這樣對邪神造成的傷害──」

「……屬性轉換。」

聖哉一彈手指，身體就迸發出光的靈氣！啊，對喔！只要把屬性顛倒，光屬性也能得心應手了！怎麼這麼方便啊！

「不、不，等一下！這樣沒有問題嗎！在下界使用型態轉換法的話，力量不是會失控嗎！」

聖哉身上散發出的光之靈氣雖然龐大，但不夠穩定，只能像放電般到處亂射。

「嗯，目前的確處於失控狀態。這如果是火或闇之力，就會對周圍造成重大的災害，不過是光的話就沒問題了……除了對邪神來說。」

一道擴散的光從外表變成了不死者的邪神身旁掠過。雖然看到手臂在碰到光後變得焦黑，瑪利歐涅達仍再次發出高亢的笑聲。

「好厲害喔，不過只要我不靠近，你就沒戲唱了。就算是勇者，也不過是區區人類，別以為能贏過黑暗的化身邪神。」

漆黑的靈氣從瑪利歐涅達腐敗的身軀擴散開來。靈氣化為骷髏狀的鬼火，飄浮在四周。

「強制幻死空間！」

Infinite Dreamer

充滿四周的黑暗靈氣和骷髏鬼火忽然消失。有種討厭到極點的預感從心口竄上咽喉。這時我感覺臉頰邊癢癢的，用手一摸，上面竟黏了一堆像蛆蟲般蠕動的蟲。

「噫呀啊啊啊啊啊啊啊啊！」

我想拍掉那些蟲，卻發現手在不知不覺間像不死者一樣腐敗，而且從龜裂的皮肉中也湧出蛆蟲！

這、這、這、這是怎麼回事！我被攻擊了嗎！什麼時候的事！

「嗚哇啊啊啊啊啊啊啊啊！」

旁邊有個男人也跟我一樣大叫。賽爾瑟烏斯竟然拿著自己的一隻手！

「我的手臂突然斷了啊啊啊啊啊！體內還跑出蟲子啊啊啊啊啊！」

「我、我也是這樣！這到底是怎麼回事！」

我們陷入極度恐慌。這時，聖哉沉著的聲音從背後傳來。

「別怕，這是敵人的幻術，現實中什麼事都沒發生。」

——幻術！對喔！他說過自己是幻惑的邪神！

聖哉的話讓我稍微恢復冷靜，轉身過去……

「哇！」

聖哉也拿著自己的手臂！而且他身體腐敗得比我們更嚴重，更像不死者！

「聖、聖哉，你的身體變得超誇張的耶！不要緊嗎！」

「我感覺不到任何變化。」

聖哉狠狠瞪著邪神。邪神正一臉愉快地看著我們。

「你說你是幻惑的邪神瑪利歐涅達，對吧？以幻覺造成恐懼，進行精神控制，把對方當成人偶操縱——還真是卑鄙下流的傢伙。」

唔！呃，我說聖哉，你之前不是也洗腦民眾，操縱他們嗎！

聖哉看到我賞他白眼，皺起眉頭。

「……怎麼了？」

「不，沒事。總之你要小心！對方可是邪神，力量比以前打過的魔王更強大！」

就現實面來看，聖哉身上明明籠罩著光的靈氣，但敵人的幻術卻無視防護，照樣發揮作用，代表對方擁有的闇之力非比尋常。

「我有做過跟邪神戰鬥的沙盤演練，反正最後也得打倒統率邪神的梅爾賽斯，這次剛好能當成前哨戰。」

聖哉說完就朝瑪利歐涅達前進。邪神一臉愉快地訕笑他。

「哈哈哈哈！不愧是勇者！竟然完全不怕，真有膽識！但只要越靠近我，幻術的威力就會越強喔！」

……咚。

一聲鈍響傳來。聖哉的左腳竟然爛掉，掉下來了！雖然失去膝蓋以下的部分，聖哉仍一跛一跛地繼續前進。

「厲害、厲害！真是了不起！都靠得這麼近了，竟然還面不改色！不過接下來將進入新的領域！就讓你見識一下我連痛覺都能喚醒的力量吧！」

「唔！連痛覺都可以嗎！」

雖然我們現在的模樣是令人發毛的不死者，實際上卻完全感受不到傷害。

──要是真的連斷手斷腳的感覺都能重現的話……！

「嘎哈哈哈哈哈！勇者啊！你感覺到的已經跟現實沒有兩樣了！手腳斷掉，內臟腐敗，你就在這地獄般的痛苦中發狂吧！」

「聖、聖哉！」

就在我大叫的同時，聖哉一邊的眼珠掉下來了。

「嗚喔！眼睛掉下來了！」

賽爾瑟烏斯發出慘叫，聖哉本人卻不以為意，繼續朝瑪利歐涅達走去。

「……只是幻覺罷了。」

「可、可是聖哉，你的眼睛！」

「實際上並沒有掉。」

聖哉說到一半，換鼻子腐爛脫落。

「──鼻子掉了！」

「沒掉。」

他在說話時，另一邊的眼球也滾落到地上。

「唔！不，你的五官都快掉光啦！」

「雖然沒有眼睛，還是看得到那傢伙，沒有腳也能繼續走，這就證明一切都是幻覺。」

聖哉毫不退縮地繼續走下去。瑪利歐涅達籠罩在聖哉發出的光之靈氣中，身體開始焦黑。他察覺這個變化，表情越來越僵硬。

「為、為什麼！這股劇痛應該會讓你滿地打滾，甚至昏迷才對！為什麼你還忍得住！」

「……這就是你的能力嗎？有夠無聊。」

不知不覺間，聖哉已經跟邪神展開近距離對峙。瑪利歐涅達就像遇到了前所未見的怪物，臉上充滿恐懼。呃，雖然聖哉現在的外表也的確很像怪物啦！反正不管怎樣，瑪利歐涅達都太小看這個勇者的信念和頑強了！幻術對聖哉怎麼會有效嘛！

但這時我赫然發現，有一絲鮮血從聖哉緊閉的唇縫中流出，一路滑落到下頜！

——那、那不是幻覺嗎！聖哉他……真的在忍受劇痛嗎！

「聖、聖哉！」

「不要緊，沒什麼大不了，再說……」

聖哉朝馬修瞥了一眼。遭瑪利歐涅達咬傷後，他一直按著脖子倒在地上。

「還有人忍受了更椎心刺骨的痛苦，長達十年之久。」

聖哉重重地呼出一口氣，耀眼的靈氣從身上往外擴散！雖然他喜怒哀樂幾乎不形於色，但在我看來，那驚人的光之靈氣已經具體表現出他激動的情緒。

「哦哦哦！身體慢慢復原了！」

在強光的照射下，聖哉、我和賽爾瑟烏斯腐朽的身體漸漸恢復！相反的……

焦黑的瑪利歐涅達彷彿到達了臨界點，全身被火焰包圍！艾魯魯的外表燒焦崩毀，從裡面跑出巨大的影子魔物！

「嗚……嘎……」

——那就是邪神瑪利歐涅達的本體！

「沒想到竟然有人不怕我的力量……！」

影子魔物飄浮在上空，彷彿要溶入空氣般逐漸褪色。

「聖、聖哉先生！那傢伙是不是想逃！」

「沒問題的，我已經包圍他了。」

「包圍是指……啊！」

失控的光之靈氣從聖哉身上擴散開來，在上空形成霧靄。這片霧靄在瑪利歐涅達周圍凝聚，轉眼間化為巨大光球，將他關進球裡。

「這是『淨化光輝檻（Cage To Purge）』。另外加上……」

聖哉將手對準天空，射出雷射般的光線。無數光線如擴散式霰彈分散，一道道侵入光球。

「嘎啊啊啊啊啊！」

瑪利歐涅達發出粗野的哀號聲！雷射光像是碰到鏡子，在光球內進行無數次反射，不斷貫穿瑪利歐涅達的身體！

「『永續反射貫光（Lasting Ray）』。雖然威力不強，不過能在淨化光輝檻內維持半永久的不規則反射。」

瑪利歐涅達的影子身軀到處都是洞，但聖哉仍不斷從手中射出永續反射貫光。處於失控狀態的光線雖然大部分都偏離目標，剩下的仍進入淨化光輝檻中，跟之前的光線一起不停反射——貫穿瑪利歐涅達的身體。瑪利歐涅達困在反彈成千上萬次的連續光線中，沒多久就隨著更大的垂死哀號聲一起消失無蹤。

「贏、贏了！」

「真的假的！對方可是邪神耶！竟然能取得壓倒性的勝利！」

我和賽爾瑟烏斯抓住對方的手，為勝利歡欣鼓舞。

「邪神啊，粉碎吧。」

這時，聖哉握起拳頭，淨化光輝檻也跟著壓縮。光球在刺眼強光中猛烈爆炸，連一粒塵埃都不剩，只留下一片藍天。賽爾瑟烏斯瞇著眼睛說：

「吶，莉絲妲，剛才的爆炸有任何意義嗎？」

「事實上，在他說『粉碎吧』之前，瑪利歐涅達就已經碎光了……算、算了，不管怎樣，總之我們大獲全勝了！」

聖哉依然保持嚴峻的表情。在他的視線前方——是馬修佇立的身影。即使身受致命傷，馬修依然用顫抖的雙腳勉強支撐著身體。馬修拖著虛弱的身軀走到伊古札席翁前，拿起劍對著聖哉。聖哉看到他這樣，也擺出戰鬥的架式。

「為、為什麼還要打？不是打倒邪神了嗎？馬修只是被邪神操縱吧？」

「即使如此……馬修仍是這世界扭曲的一個主因，這一點無法改變……」

馬修咧嘴一笑，把伊古札席翁扔向聖哉。

「拿去用吧，這本來就是你的東西。」

聖哉不發一語，拿起插在地上的伊古札席翁，以雙手與腰部同高的姿勢持劍。即使大量血液從脖子汨汨流出，在腳下形成血漥，馬修依舊笑著。

「『這世界是虛幻的』，而『我是歪曲的幻影』……呵呵呵……我開始覺得你的胡謅是真的了……」

馬修仰望天際，將雙臂大大張開。

「既然這樣，就讓我回到原本的樣子吧。幫我毀掉這爛得要命的十年吧。」

聖哉默默點頭，下一秒就從我的視野中消失。

……一切都在剎那間結束，連砍中的聲音都沒有。聖哉用快到連疼痛都能拋在遠方的速度，將馬修的頭跟身體一分為二。當馬修的首級咚的一聲著地，賽爾瑟烏斯立刻別過頭去。

「嗚嗚……太殘忍了……他根本得不到救贖啊……」

「不，這倒不會。」

在最後一刻，我確實有聽到馬修的靈魂之聲。

——『謝謝你，師父』……

淚水模糊了視線。不管是周圍的風景，還是拿著伊古札席翁的聖哉，在我眼中都變得歪斜。不，不對，世界的確變得歪斜。我跟梅爾賽斯扭曲世界時一樣無法站穩，世界像海浪般起伏搖盪。

……回過神時，馬修的遺體已消失無蹤，原本慘烈的戰場也化為皚皚雪地。我回頭一看，別說鎮民了，甚至連伊古爾鎮也不復存在。

在寒帶地區亞佛雷斯的荒涼大地上，只有輕輕飛舞的細雪越積越深。

「馬修！羅札利小姐叫我們去！快醒醒啊！」

「嗯……啊……」

「快點快點快點啦————！」

艾魯魯用力搖晃在大樹下午睡的馬修。

……我、聖哉和賽爾瑟烏斯來到羅茲加爾多帝國，以確認扭曲世界是否真的恢復原狀。

由於世界的歪曲已經消失，我的門能通往以前來過的羅茲加爾多帝國。我們照聖哉的指示變透明，並潛入城內，在廣大的庭園裡找到了艾魯魯和馬修。

「別搖了，艾魯魯！我已經醒了！」
「馬修，快醒醒啊————！」
「唔！我不是說我醒了嗎！」
艾魯魯還是繼續猛搖，讓馬修不禁發飆。聖哉看著那兩人，喃喃自語：
「那兩個傢伙還是那樣比較適合。」
「……咦？聖哉先生，你在笑嗎？」
可是當我回過頭時，聖哉已經恢復平時的撲克臉，轉身準備離去。
「你不去見見他們嗎？」
「他們以為我死在之前的魔王戰了吧，去見他們還要解釋，太麻煩了。」
「真是的，至少露一下臉嘛。」
「我還有正事要辦，而且有件事讓我很在意。」
聖哉朝腰際的伊古札席翁瞥了一眼。我感到毛骨悚然。
——為、為什麼蓋亞布蘭德都恢復了，聖劍伊古札席翁卻保持原狀呢……？
聖哉正要邁開步伐時，艾魯魯用驚訝的語氣問：
「咦，你怎麼了，馬修？」
「沒什麼……只是眼淚突然流出來了。好奇怪喔。」
「是不是作了悲傷的夢？」

「嗯，可能是吧。」

「其實我今天早上也作了夢呢。內容已經忘得差不多了，只記得是個非常痛苦、恐怖又悲傷的夢。不過……」

艾魯魯溫柔地微笑。

「最後在夢中還是得救了！」

這時突然從城堡的方向傳來「喂——」的呼喚聲。藍髮的羅札利走向這兩人。

「馬修，原來你在這裡啊。銅像已經落成嘍。」

「妳、妳是指師父的銅像嗎！」

「羅札利小姐很努力地在現場指揮呢！」

「是花了很多時間才完成的呢！」

看來是帝國國內為拯救了世界的聖哉立了一座像。馬修和艾魯魯滿臉欣喜，羅札利卻突然露出苦澀的表情。

「我好想……破壞那座銅像啊……！」

「唔！羅札利小姐？」

「呃，為什麼啊！不是妳第一個說要立的嗎！」

「是、是啊……真奇怪。我明明由衷地感謝他救了世界，但最近不知為何只要想起那傢伙，我就會莫名地感到煩躁……」

——這、這就是扭曲世界的影響吧！是因為感染致死咒讓她犧牲，害她的靈魂某處產生了變化嗎？

聖哉「呼——」地輕嘆一口氣。

「我改天會去向羅札利道歉的，不過要等全部的扭曲世界復元再說。」

「說、說得也是……」

聖哉邁開輕快的步伐。我走在他後面，忽然想起在潛意識的世界裡，他曾狠狠抓住我的胸部。等一下！聖哉明明有向馬修和艾魯魯道歉，對我卻沒有任何表示！

「對了聖哉，你也應該對我說些什麼吧！當時你把我的胸部——」

「……扭曲世界還有許多謎團，非弄清楚不可。」

「唔！別把我當空氣啊，喂！」

即使我抗議，勇者也只是用銳利的眼神看向前方。

「莉絲妲，我要回冥界去找冥王確認真相。」

〈扭曲蓋亞布蘭德篇／完〉

# 後記

感謝各位讀者購買《這個勇者明明超ＴＵＥＥＥ卻過度謹慎》第七集。我是作者土日月。

從第六集開始，我就連續出書，中間幾乎沒有空檔。雖然心中充滿感恩，但過程仍相當辛苦（笑）。除了寫平時的本篇外，還要審查動畫和漫畫、製作特典等等，該做的事變得又多又雜……或許是因為過得很充實，才能寫出內容扎實的作品吧。

第六集和第七集合起來是〈扭曲蓋亞布蘭德篇〉，採上下集的形式。也就是說，這本第七集是扭曲蓋亞布蘭德篇的最終章。

聖哉延續第六集的心態，把扭曲世界的虛幻居民視如草芥。他在戰鬥上盡量能避就避，小心翼翼地進行攻略。就旁人的眼光來看，聖哉或許顯得無情，不過他也只是想以自己的方式謹慎且確實地拯救世界而已。另一方面，莉絲妲因為（好歹）是女神，感情很豐富，即使知道扭曲世界的居民是幻影，當她看到他們死在眼前，內心還是非常抗拒。後來，她決定能救一個是一個，卻因此跟聖哉有了嫌隙……以上是本書的大綱。如果各位讀者能一邊閱讀，一邊思考「聖哉和莉絲妲哪邊是對的」或是「扭曲世界的馬修和聖哉會走向什麼結局」，將是我的榮幸。

這次とよた瑣織老師為本作繪製的扭曲世界的角色們，看起來也栩栩如生。我要向とよた老師，以及所有經手過本書的相關人士致上誠摯的謝意。

自從和動畫、漫畫等其他行業的人士共事後，我深切感受到「創作必須靠這些幕後英雄支持才能實現」。比如動畫要有人繪製原畫才有影像，書籍也要有人校對和印刷，有書店願意上架販售才能出版。除了幕前的主事者外，這些在看不到的地方默默耕耘的人，也是身為作者的我必須感謝的對象。我要再次向參與動畫和漫畫的製作，以及協助本書出版的所有相關人員……所有提攜我的人士表達感謝。非常謝謝各位。

目前我在網路小說網站カクヨム上開始撰寫〈扭曲伊克斯佛利亞篇〉。在此先稍微觸及一下內容。本作的舞臺將一改之前類似中世紀歐洲的世界觀，換成有點近代風的世界觀。因為怕說太多會變成劇透，所以只能點到為止。總之我腦中已經有許多構想，敬請各位期待。

第七集後記就到此結束。希望能在下一集與各位重逢。

土日　月

**國家圖書館出版品預行編目資料**

這個勇者明明超TUEEE卻過度謹慎/土日月原作；謝
如欣譯. -- 初版. -- 臺北市：臺灣角川股份有限公司
, 2021.02-
冊；　公分. -- (Kadokawa fantastic novels)
譯自：この勇者が俺TUEEEくせに慎重すぎる
ISBN 978-986-524-232-9(第7冊：平裝)

861.57　　　　　　　　　　　　109020387

Kadokawa
Fantastic
Novels

# 這個勇者明明超TUEEE卻過度謹慎 7

（原著名：この勇者が俺ＴＵＥＥＥくせに慎重すぎる７）

2021年2月4日 初版第1刷發行
2021年9月15日 初版第2刷發行

作者：土日月
插畫：とよた瑣織
譯者：謝如欣

發行人：岩崎剛人
總編輯：蔡佩芬
編輯：蘇涵
美術設計：莊捷寧
印務：李明修（主任）、張加恩（主任）、張凱棋

發行所：台灣角川股份有限公司
地址：104台北市中山區松江路223號3樓
電話：（02）2515-3000
傳真：（02）2515-0033
網址：www.kadokawa.com.tw
劃撥帳戶：台灣角川股份有限公司
劃撥帳號：19487412
法律顧問：有澤法律事務所
製版：尚騰印刷事業有限公司
ISBN：978-986-524-232-9